AF864039

Solo cuestión de negocios

Sara Craven

HARLEQUIN®
Tiempo para ti®

Editado por HARLEQUIN IBÉRICA, S.A.
Hermosilla, 21
28001 Madrid

SOLO CUESTIÓN DE NEGOCIOS, Nº 1360 - 6.11.02
Título original: The Marriage Proposition
Publicada originalmente por Mills & Boon, Ltd., Londres.

I.S.B.N.: 84-671-0062-1
Depósito legal: B-38805-2002
Editor responsable: M. T. Villar
Diseño cubierta: María J. Velasco Juez
Composición: M.T., S.L.
Avda. Filipinas, 48. 28003 Madrid
Fotomecánica: PREIMPRESIÓN 2000
c/. Matilde Hernández, 34. 28019 Madrid
Impresión y encuadernación: LITOGRAFÍA ROSÉS, S.A.
c/. Energía, 11. 08850 Gavá (Barcelona)
Fecha impresion para Argentina:13.7.03
Distribuidor exclusivo para España: LOGISTA
Distribuidor para México: PUBLICACIONES SAYROLS, S.A. DE C.V.
Distribuidores para Argentina: interior, BERTRAN, S.A.C. Vélez Sársfield, 1950. Cap. Fed./ Buenos Aires y Gran Buenos Aires, VACCARO SÁNCHEZ y Cía, S.A.
Distribuidor para Chile: DISTRIBUIDORA ALFA, S.A.

Capítulo 1

Y ESTA noche –dijo Ángela con aire triunfal–, iremos al Waterfront Club.

Paige, que estaba cepillándose el pelo, dejó de hacerlo para mirar a su amiga.

–¿No es ese el restaurante de Brad Coulter? –le preguntó.

–Sí, ¿te parece un problema?

–Espero al menos que no lo sea. Y también que no hayas decidido poner a funcionar tus talentos de casamentera.

–Brad, cariño, es un hombre atractivo y totalmente enamorado, así que ¿qué problema puede haber?

–Me temo que has olvidado un pequeño detalle: soy una mujer casada.

–Pues intenta recordárselo a tu marido. Menudo matrimonio, ¡si ni siquiera vivís juntos!

–Los dos preferimos que sea así. Por lo menos hasta que consigamos el divorcio.

–¿Lo ves? Tú misma me estás dando la razón.

–Pero eso no significa que hasta entonces yo tenga que hacer cualquier cosa para desbaratar nuestros planes –Paige continuó cepillándose–. El acuerdo determina que tienen que pasar dos años hasta el divorcio. Y que durante ese tiempo, no tenemos que dar lugar a ningún tipo de rumores.

–¿Y pretendes decirme que Nick está siendo tan discreto como tú?

Paige dejó el cepillo y tomó un bote de loción.

–Yo nunca he dicho nada sobre la conducta de Nick. Él tiene su propia vida.

–Desde luego. Pero si no estaba preparado para renunciar a su vida de soltero, ¿por qué te pidió que te casaras con él?

–Tenía sus razones.

–¿Y por qué demonios aceptaste?

Paige sonrió a su reflejo.

–Yo también tenía las mías.

–Lo haces parecer todo tan racional –gruñó Ángela–. Y solo estuvisteis juntos... ¿cuántas semanas?

–Alrededor de siete, si la memoria no me falla.

–Ese tipo de cosas difícilmente se olvidan.

–Sí, pero también es la clase de situaciones de las que uno desea escapar con las mínimas complicaciones posibles.

–Supongo que sí –Ángela frunció el ceño–. Aunque por otra parte, con tan poco tiempo, no le diste una verdadera oportunidad de tener éxito a vuestra relación. ¿No has pensado nunca en ello?

–Créeme, el matrimonio fracasó desde el primer día. Pero ese es un error al que pronto pondremos remedio. Sin embargo, hasta entonces prefiero mantenerme alejada de cualquier hombre atractivo. Y eso incluye a Brad Coulter.

–Cariño, mañana mismo vas a volver a tu casa y todo el mundo visita Waterfront al menos una vez durante su estancia en St. Antoine. Es una de las reglas –comentó Ángela en tono persuasivo–. Y al fin y al cabo, tampoco va a tratarse de una cena íntima. Jack y yo estaremos contigo. Y sé que Brad nos ha reservado una mesa especial.

–Y además, cómo tú trabajas y vives en St. Antoine, no puedes permitirte el lujo de ofenderlo –añadió Paige con resignación–. No puedo elegir, ¿verdad?

–Ahora estás haciendo que me sienta culpable

–Ángela miró el reloj–. Diablos, ya es hora de que empiece a vestirme –le apretó cariñosamente el hombro a su amiga–. Ponte guapísima. En Waterfront la competencia es muy fiera –le guiñó el ojo alegremente y se marchó.

Cuando la puerta se cerró detrás de su amiga, Paige dejó de sonreír y se inclinó hacia delante, apoyando los codos en el mostrador.

El problema era, pensó, que en realidad ella no pretendía competir ni por Brad Coulter ni por nadie. Porque lo único que quería era recuperar su libertad.

Ángela hablaba de la brevedad de su matrimonio como si en realidad hubiera sido una aventura amorosa que había fracasado.

¿Pero qué diría si supiera la verdad sobra la desventurada irrupción de Paige en el matrimonio? Un matrimonio que había sido, nada más y nada menos, que un acuerdo de negocios. Una fórmula para permitir que Nick Destry ocupara un asiento en la junta directiva de Harrington Holdings.

Sin duda alguna, su bisabuelo pensaba que estaba haciendo un movimiento muy inteligente cuando había impuesto el requerimiento legal de que solo los miembros de la familia pudieran acceder a la junta. Pero él había nacido en la era de las grandes familias. Probablemente, esperaba que las futuras generaciones fueran igualmente prolíferas y capaces de mantener a raya a los intrusos.

En su época, además, no habría sido tan difícil obtener financiación para la empresa. Habría bastado con llegar a una serie de acuerdos entre caballeros en cualquiera de los clubes de Londres. Una negociación conveniente y afable.

Suponía que el acuerdo con Nick Destry había sido igual, pero Nick no era ningún caballero. Y la afabilidad no estaba incluida en su trato. Y tampoco la fidelidad, o el sentido de la decencia, se recordó.

Desde el primer día, Nick había dejado muy claro que no lo impresionaban los beneficios obtenidos por la empresa durante los últimos años y que solo negociaría su posible financiación a cambio de la posibilidad de poder controlarla. Y cuando se le había señalado que la normativa de la empresa especificaba la necesidad de que los miembros del consejo pertenecieran a la familia, se había limitado a encogerse de hombros.

–Estoy soltero y usted tiene una hija –le había dicho a su padre–. Podemos celebrar la ceremonia legal y después cada uno de nosotros seguiremos caminos separados. Asumo que un futuro divorcio no afectaría a mi situación en la empresa, ¿verdad?

El divorcio, pensó Paige, era una contingencia en la que su bisabuelo ni siquiera había pensado. Por lo menos en lo que a la familia Harrington concernía. En ese mismo momento, debía de estar retorciéndose en su tumba, se dijo Paige con una mueca.

–Le he dejado muy claro a Destry que la decisión es completamente tuya –recordó que le había dicho su padre–. Que no habrá coerciones de ninguna clase, que todo el acuerdo debe ser estrictamente personal y, que, tras el período de tiempo establecido, serás completamente libre.

Paige había mirado a su padre sin verlo. La imagen que había ocupado entonces su cerebro era la de un rostro moreno e impaciente, con una nariz recta y fuerte y una boca de aspecto duro. No era un rostro atractivo, pero poseía una suerte de dinamismo que iba más allá de los cánones tradicionales de belleza. Y tenía también cierto encanto cuando se decidía a mostrarlo.

Nick Destry era alto, fuerte, de anchos hombros y caderas estrechas. Tenía una voz grave, profunda y una risa vibrante.

Como presentación, no se podía pedir mucho más.

Pero ella no había prestado atención a ninguna de aquellas cualidades.

Se miró a sí misma en el espejo. Pelo castaño con algunas mechas rubias, pómulos marcados y ojos verdes rodeados de pestañas oscuras y rizadas

Tampoco a Nick parecía haberle importado su aspecto.

Debería haberse negado. Toda su intuición le decía que rechazara aquel acuerdo oportunista y retrógrado.

Su padre temía que rechazara la idea. Lo había visto en la caída cansada de sus hombros. En la debilidad que había reemplazado su habitual energía.

–¿Me estás diciendo que esta es la única forma de que consigas la financiación que necesitas? –le había preguntado ella con voz temblorosa.

–Sí. El banco tiene a derecho a imponer condiciones –le había explicado su padre, sin atreverse a mirarla a los ojos–. Esta es una de ellas. Y debido a esa norma absurda establecida por Crispin, es la única forma que tenemos de conseguirla. Pero la decisión tiene que ser tuya. Y si lo rechazas, bueno, buscaremos cualquier otra forma de financiación.

–Sospecho que si fuera tan fácil ya lo habrías hecho, ¿verdad?

Tras un largo silencio, su padre había asentido con un movimiento de cabeza.

–Entonces lo haré –había contestado con firmeza–. Al fin y al cabo, solo será un acuerdo formal. Y en cuanto los requerimientos legales hayan sido cumplidos, nos divorciaremos y fin de la historia.

Pero en realidad, aquello solo había sido el principio.

Paige interrumpió el curso de sus pensamiento al advertir la intensidad con la que le latía el corazón. Se estaba adentrando en territorio prohibido y debía parar cuanto antes.

Inquieta, se levantó del tocador, cruzó descalza la habitación y se asomó al balcón.

El sol se estaba poniendo y el Caribe vibraba en destellos de rojo y oro.

Apoyada en la balaustrada y con la mirada fija en el mar, Paige pensó, y no por primera vez, que el hotel de Jack y Ángela era el lugar más paradisíacos que conocía.

Había conocido a Ángela durante su primer día de estancia en un colegio mayor universitario y desde entonces eran amigas. Mientras Paige estudiaba para periodista, Ángela se preparaba para ser enfermera. Ángela había conocido a Jack cuando este había sido ingresado en la sala del hospital en la que ella trabajaba. Paige se había llevado la sorpresa de su vida cuando Ángela le había comunicado pocas semanas después que se iba con Jack a St. Antoine, para ayudarlo a dirigir el hotel Les Roches. Y continuaba asombrándola la facilidad con la que su amiga se había adaptado a su nueva vida.

El hotel había sido la casa de la familia de Jack durante varias generaciones. A partir del cierre de las plantaciones de azúcar, su padre había decidido transformar aquella vieja mansión en un alojamiento que combinaba el lujo con la informalidad.

Y Paige había pasado en él unas vacaciones maravillosas. Aunque no le importaba tener que volver a su hogar. Las cálidas noches tropicales podían ser peligrosas y Brad Coulter comenzaba a pasar demasiado tiempo en el hotel.

Cualquier otra mujer en su lugar habría disfrutado de aquel coqueteo sin ataduras y habría vuelto a su casa satisfecha de aquella hermosa aventura. ¿Pero por qué ella no podía hacerlo?

Era imposible que fuera porque se sentía obligada a permanecer fiel a sus votos matrimoniales. Desde luego, Nick no sentía tal impulso. De hecho, toda la ceremonia nupcial había sido una cínica farsa. Todavía no podía imaginarse los motivos por los que Nick había insistido en casarse por la iglesia, al menos que hubiera sido para aplacar a su abuela que, además de ser su único pariente vivo, era francesa y muy conservadora.

Afortunadamente, la abuela de Nick vivía en Francia y no era consciente del poco tiempo que su nieto y su esposa habían pasado bajo el mismo techo. Porque, aunque aquel fuera un matrimonio de conveniencia, Paige pretendía mantener las apariencias.

Por supuesto, a Nick le importaban muy poco las apariencias, pensó ella mordiéndose el labio. No era un hombre capaz de fingir...

Interrumpió bruscamente el curso de sus pensamientos, consciente de que aquella era una zona en la que tampoco le convenía adentrarse.

Debía concentrarse en los aspectos positivos de su situación, decidió. Recordarse a sí misma que al cabo de muy poco tiempo recobraría la libertad.

El Waterfront había sido construido en un promontorio que daba al puerto de St. Antoine. Era un enorme edificio de piedra que alojaba un gimnasio, un pequeño casino y dos excelentes restaurantes. Uno de ellos situado al aire libre, frente al mar, con espectáculo de cabaret en temporada alta y música en vivo durante el resto del año.

Brad Coulter estaba esperándolos en el vestíbulo. Al ver a Paige, sus ojos azules se iluminaron.

–Estás maravillosa –le besó la mano–. ¿Ángela ha conseguido convencerte para que te quedes un poco más entre nosotros?

–Me temo que no –Ángela sacudió la cabeza con

pesar–. Parece decidida a montarse mañana mismo en ese avión. No sé qué tonterías dice sobre que tiene que trabajar para ganarse la vida.

–Podrías hacerlo aquí –sugirió Brad, sonriéndole.

–Me temo que no –Paige sacudió la cabeza y miró a su alrededor, absorbiendo aquella combinación de lujo y buen gusto–. Me temo que no necesitas ningún relaciones públicas. Este lugar se vende por sí mismo.

–Hay otros puestos de los que podríamos hablar –todavía le sostenía la mano y Paige la apartó con delicadeza.

–Me temo que en este momento no estoy buscando trabajo, gracias.

–Bueno, por lo menos déjame enseñarte el club –le sugirió Brad.

–Buena idea –terció Jack–. Nosotros te esperaremos en el bar.

Y Paige dominó las ganas de asesinar a su amigo y dejó que Brad le mostrara su propiedad.

A pesar de sí misma, disfrutó del recorrido. Brad estaba orgulloso de lo que había conseguido, y tenía derecho a estarlo. Además, tenía ideas firmes para el futuro, comprendió Paige con franca admiración.

–¿Estás seguro de que no puedo convencerte de que te quedes? –le preguntó él, mirándola a los ojos mientras le servía una copa en su despacho.

–Absolutamente no. De hecho, creo que debería intentar contratarte para Harrington Holdings. Con tu visión de futuro podríamos salir adelante.

–¿Es que las cosas no van bien?

–Digamos que hemos tenido un año un tanto mediocre –se interrumpió y esbozó una mueca burlona–. Y, como puedes ver, soy una pésima relaciones públicas, porque ni siquiera debería estar hablándote de esto. Ahora mismo tendría que estar diciéndote que tienes un jardín precioso.

–Bueno, no hay ningún periodista delante y tus secretos están a salvo conmigo –la miró con expresión interrogante–. Si no termina de gustarte, ¿por qué trabajas de relaciones públicas? Quizá haya llegado el momento de que cambies de trabajo.

–Ya tuve otro. Empecé a trabajar en una revista femenina, era la encargada de varias columnas.

–¿Y también te cansaste de eso?

–En absoluto. Pero me persuadieron de que era necesaria en otra parte. Y mi familia puede llegar a ser muy persuasiva.

–En ese caso, quizá yo también debería intentar convencerte.

Paige advirtió que Brand acortaba las distancias en el enorme sofá de cuero que compartían. La joven se tensó y unió las manos en el regazo, diciéndole sin necesidad de palabras que no se acercara ni un milímetro más.

–En realidad, en este momento no estoy abierta a ninguna clase de persuasión. Tengo demasiados problemas que resolver.

–Sé que estás casada. Angie me lo ha contado. Pero también sé que tu matrimonio no funciona. Así que no tiene por qué ser una barrera. Yo también estoy divorciado y eso no es el fin del mundo. A no ser que todavía estés enamorada de ese tipo.

–Ni siquiera nos conocimos el tiempo suficiente para enamorarnos.

–Eso no significa nada. A veces basta con ver a una persona para enamorarse de ella.

–Para mí hace falta mucho más –permanecía rígidamente sentada, sin probar siquiera la copa que Brad le había ofrecido.

–Bueno, yo soy un hombre paciente. Puedo esperar.

–Brad, eres muy amable, pero...

–Oh, Dios mío. Siento que el rechazo está a punto de llegar.

–En realidad no me conoces, y solo sabes de mí lo que Angie te ha contado.

–Esa es precisamente la razón por la que quiere que te quedes más tiempo en la isla. Para darnos la oportunidad de ver si esto puede llegar a alguna parte –se interrumpió–. Paige, para mí fue un duro golpe que mi matrimonio fracasara y no pretendo fingir lo contrario. Pero ya lo he superado y estoy preparado para seguir adelante. Cuando te vi, pensé por primera vez que este podía ser el momento, el lugar y la persona adecuada.

–Me siento halagada, Brad, pero la cuestión es que no estoy libre, ni personal ni profesionalmente, para hacer planes de futuro. Todavía no. Necesito solucionar muchas cosas cuando vuelva a Inglaterra.

–Me gustaría decirte que no me olvidaras. Pero el Caribe está muy lejos de Gran Bretaña –terminó con una sonrisa irónica.

Paige se echó a reír.

–No desde que se inventaron los aviones. Creo que la peor parte del viaje es el trayecto en ferry desde Sainte Marie –arrugó la nariz–. No soy una gran marinera.

–¿Entonces no utilizaste a Hilaire? Pues tienes que hacerlo. Tiene un servicio de taxi aéreo. Lo llamaré ahora mismo. ¿A qué hora sale tu avión?

–No, por favor –dijo Paige, alarmada ante la perspectiva de tener que volver a hacer uso de su tarjeta de crédito–. No hace falta, ya tengo el billete del ferry...

–Pero irás mucho más tranquila con Hilaire –la interrumpió Brad con firmeza, marcando su número de teléfono–. Ya que no vas a dejarme ofrecerte un buen trabajo, déjame al menos hacer esto por ti. ¿A qué hora sale tu avión?

Paige se lo dijo con desgana. No le gustaba sentirse en deuda con él, pero a veces era más fácil renunciar que continuar una discusión que sospechaba no podía ganar. El problema era, pensó con pesar, que no estaba acostumbrada a ser receptora de tanta amabilidad. El clan Harrington tendía más a tomar que a dar. Y Nick... Bueno, Nick no le daba nada, pensó con inesperado dolor.

–Ya está todo arreglado –le dijo Brad alegremente, colgando el teléfono–. Enviaré un coche para que te lleve al mediodía a la pista de aterrizaje –la miró con el ceño fruncido–. ¿Estás bien? ¿Te sientes muy presionada? No era eso lo que pretendía.

–No –le aseguró Paige rápidamente–. Estoy bien, y te lo agradezco mucho, de verdad –se levantó–. Jack y Angie deben de estar preguntándote dónde estamos. Quizá deberíamos reunirnos con ellos.

–Por supuesto. Estoy siendo muy egoísta. Pero es que me gusta tanto tenerte para mí durante un rato –se acercó a ella y posó las manos en sus hombros–. ¿Podría despedirme ahora de ti, en privado?

Paige sonrió, mostrando su consentimiento y él se inclinó hacia ella. La joven sintió los labios de Brad sobre sus labios. Unos labios cálidos y firmes. Fue un beso agradable, pero no excesivamente prolongado.

–Bien –dijo Brad mientras la soltaba–. Por lo menos esto es un principio.

«No», pensó Paige con arrepentimiento. No lo era. Aunque deseaba con todas sus fuerzas que hubiera podido serlo.

–¿Qué tal han ido las cosas? –le susurró Angie en cuanto Paige se sentó a su lado.

–Brad es un hombre realmente dulce.

–Pero aun así piensas marcharte mañana –dedujo Angie decepcionada–. Jack me lo advirtió.

–Pero volveré pronto a verte, si me dejas –Paige estrechó con cariño la mano de su amiga.

Miró a su alrededor. Sobre las mesas, cubiertas con prístinas mantelerías blancas, brillaba la cubertería de plata. La banda, situada al final del salón, tocaba quedamente, pero no había nadie bailando. Los camareros se movían ágilmente alrededor de los comensales por una sala ambientada por el murmullo de las risas y las conversaciones.

–Es un lugar precioso –comentó Paige–. Y muy concurrido. Yo creía que estábamos en temporada baja.

–Esta mañana han llegado un par de yates. Jack dice que uno es de Alain Froyat, propietario de un grupo editorial en Europa y otro de Kel Drake, el productor de cine –Angie se encogió de hombros–. Al aparecer ha habido aviso de temporal y han decidido ponerse a salvo. Y sus invitados han decidido desembarcar para venir a cenar y perder parte de su dinero en el casino de Brad.

–¿Aviso de temporal? ¿Te refieres a un huracán?

–Oh, probablemente no será para tanto. Pero es posible que haya una tormenta tropical –apretó los labios–. Y eso podría retrasar la salida del ferry.

–Pero eso no será ningún problema –dijo Paige con pesar–. Al parecer, y por cortesía de Brad, voy a ir a Sainte Marie con alguien llamado Hilaire.

–Dios mío –dijo Angie–. Estoy impresionada. Hilaire debe de haber echado a alguno de sus millonarios para hacerte sitio.

Su mesa era la más cercana al mar del restaurante, lo que debería proporcionarles la ventaja de poder disfrutar de la brisa. Pero no corría ni una gota de aire. Sin embargo, pensó Paige mientras contemplaba el reflejo de la luna sobre el mar, los patrones de los yates debían de saber lo que hacían cuando habían decidido buscar un lugar seguro para refugiarse.

Brad demostró ser un atento anfitrión. Mantenía la

conservación en un tono ligero y agradable para todos y, para alivio de Paige, no hizo ningún comentario más sobre su inminente marcha.

Y una vez desaparecida aquella presión, decidió Paige mientras les servían el café y el brandy, había llegado el momento de disfrutar de la velada.

La orquesta estaba tocando una suave melodía y Jack y Angie se levantaron para bailar. Jack sonreía mientras miraba a su mujer a los ojos y Angie alzó la mano para acariciarle la mejilla.

Estaban hechos el uno para el otro, pensó Paige, reprimiendo una punzada de envidia tan fiera que resultaba casi dolorosa.

–¿Nos unimos a ellos?

Paige se sobresaltó. Brad la estaba mirando con expresión interrogante, con el ceño ligeramente fruncido.

–¿Por qué no? –le contestó con una sonrisa radiante.

Brad resultó ser un bueno bailarín y en ningún momento se acercó a ella más de lo necesario. Mientras bailaban, intercambiaba comentarios con los conocidos que estaban en las mesas o los saludaba con una sonrisa y un asentimiento de cabeza.

–Eres muy bueno en tu trabajo –le comentó Paige.

–Este es mi trabajo. Y los ricos pueden ser muy susceptibles. No puedes permitirte el lujo de ignorar a ninguno. Y cuando alguien como Froyat está en la ciudad, no tienes idea de quién podría estar viajando con él, así que incluso puede ser peligroso.

–Estoy segura –Paige sonrió mientras bailaban alrededor de la enorme mesa que Brad acababa de señalarle.

Había en ella un mar de rostros, todos sonrientes. Bueno, todos menos uno. Un rostro sombrío, irónico y frío destacaba entre los demás. Era el de un hombre que no estaba hablando con nadie y que parecía haberse olvidado momentáneamente de la rubia que le rodeaba el cuello con los brazos. Un hombre que tenía la mirada clavada en Paige.

A Paige se le heló la sonrisa en los labios.

«No», pensó, desesperada. No podía ser. No podía...

–¿Estás bien? –le preguntó Brad preocupado.

–Sí –contestó con voz ronca–. Quiero decir, no... ¿Podemos sentarnos, por favor?

–Por supuesto.

La rodeó con el brazo para que se apoyara en él y Paige lo agradeció porque las piernas le temblaban.

–¿Puedo traerte algo? –Brad la ayudó a sentarse en una silla–. ¿Qué te pasa? Cualquiera diría que has visto un fantasma.

No había visto un fantasma, pensó Paige. Había visto a alguien demasiado real que, por alguna terrible casualidad, estaba justo allí, en St. Antoine.

–Creo que es el calor –dijo rápidamente, mientras se abanicaba con la mano–. Es muy agobiante.

Bebió un sorbo de agua fría del vaso que Brad le sirvió y le aseguró que se le estaba pasando aquel momento de debilidad.

–Seguro que hay gente con la que tienes que hablar –lo urgió–. Vete a hacer un poco de vida social mientras yo me recupero. Me siento tan tonta...

–Preferiría no tener que dejarte.

–Entonces me harías sentirme incluso peor. Por favor, Brad. A lo mejor voy a dar un paseo por la playa, para despejarme un poco.

–¿Estás segura de que quieres ir sola? –insistió Brad.

–Claro que sí. Además, Jack y Angie vendrán dentro de un momento –sonrió, deseando que se alejara–. Y para cuando vuelva, ya estaré bien otra vez.

Sonaba muy exagerada, pero pareció funcionar.

Paige no se atrevía a mirar a la mesa en la que Brad estaba sentado.

Siguió bebiendo agua con la mirada fija en la vela que tenía delante. Unas hora atrás, estaba hablando con Angie de Nick Destry y de pronto aparecía allí.

A menos que su imaginación le estuviera jugando una mala pasada y hubiera conjurado su imagen para atormentarla. La cabeza le daba vueltas a toda velocidad. ¿Sería posible? ¿Estaría sufriendo el efecto del trauma de los últimos meses?

Lo único que tenía que hacer era alzar la mirada para saber si Nick era real o un producto de su fantasía. Pero no se atrevía.

Retorcía nerviosa las manos por debajo del mantel. ¿Qué diablos le ocurría? ¿Por qué estaba reaccionando de aquella manera? Nick no era un asesino múltiple. Era el hombre con el que se había casado por razones financieras y del que pensaba divorciarse en cuanto pudiera.

Había sido la sorpresa, se dijo a sí misma. Llevaban meses evitándose el uno al otro y de pronto coincidían en el mismo restaurante en una diminuta isla del Caribe.

Y su secreta esperanza de que no tuvieran que volver a verse jamás en su vida había sido completamente absurda.

Sintiendo que el pecho se le tensaba, se levantó. Cuando le había dicho a Brad lo del paseo en la playa no estaba hablando en serio, pero de pronto le pareció una buena idea. Y no estaba huyendo de nadie, se dijo a sí misma. Solo necesitaba recuperarse.

Bajó los escalones que la separaban de la playa. Se detuvo en el último y se quitó las sandalias. El calor de la noche la rodeaba mientras caminaba hasta el borde del agua. Todavía sentía la respiración agitada. Tenía que esforzarse en controlarla, en recuperar la tranquilidad y aceptar aquella desagradable jugada del destino.

Seguramente a Nick tampoco le había hecho mucha gracia verla. Él era el que se codeaba con toda clase de millonarios. Y ella la esclava del trabajo que debía volver pronto a Inglaterra.

Pero esa había sido su propia opción, se recordó a sí misma. Él le había ofrecido una generosa aportación económica a cambio de su conformidad. No habría tenido que volver a trabajar. Pero había rechazado a su dinero.

Durante aquellos días amargos, no había dejado de repetirse, como si fuera una especie de mantra personal, que ella no significaba nada para él. Nada.

Y cuando al final había aceptado trabajar en Harrington Holdings, lo había hecho a cambio de un reducido salario. Al fin y al cabo, no tenía que vivir en Londres, pagando un alto alquiler. Su padre le había propuesto trasladarse a la enorme casa familiar, al igual que habían hecho su hermano Toby y su esposa, pero ella había encontrado una pequeña casa en el pueblo y había preferido mantener su independencia.

Además, había continuado trabajando por libre para algunas revistas, manteniendo de esa forma las puertas abiertas para un eventual retorno.

Aquel había sido un año difícil en muchos sentidos, pensó. Además de sus asuntos personales, desde que Toby había tomado las riendas de la empresa a raíz de la enfermedad de su padre, surgían constantemente problemas. Y además estaba esa estúpida con la que se había casado...

Se interrumpió al instante. Ella era la última persona del mundo con derecho a criticar la elección de pareja de nadie después de lo que había hecho con su propia vida.

Llegó una ola hasta sus pies descalzos, pero el frío del agua no era nada comparado con el hielo que sentía dentro de ella.

Se sentía entumecida, atontada. Pero tenía que pensar, decidir qué le diría a Nick si este decidía no mantener las distancias. Suponía que él era uno de los pasajeros del yate de Alain Froyat. Pero seguramente no estaría allí solo para divertirse, a pesar de la rubia que lo acompañaba. Seguramente había algún importante negocio por medio. Un negocio que elevaría su riqueza a nuevas cotas.

Pero eso no era asunto suyo, se recordó. No podía permitir que la preocuparan ni la situación financiera de Nick ni su último ligue.

Ella había mantenido su parte del trato y solo quería poner fin a aquella farsa.

Detuvo sus pasos. Era hora de regresar al restaurante. Le diría a Angie que le dolía la cabeza y que quería volver a Les Roches.

Pero cuando se volvió, se encontró frente a Nick. Justo como había temido que estuviera. Bloqueándole el paso. Impidiéndole toda forma de escapar.

–Buenas noches, señora Destry –la saludó Nick, en aquel tono burlón que ella odiaba, y se echó a reír.

Capítulo 2

PAIGE permanecía completamente quieta, con los brazos caídos a ambos lados de su cuerpo. Pero por dentro estaba temblando.

–¿Qué estás haciendo aquí, Nick?

–Qué coincidencia. Iba a preguntarte lo mismo. Espero que hayas venido a promocionar a Harrington Holdings. Esta noche te he visto bailando con uno de los miembros de la plana mayor de la isla. ¿Vuestra relación es personal o solamente de negocios?

–No creo que tengas ningún derecho a preguntármelo.

–Ah, claro que lo tengo. Por muchas razones. Y no es la menor el hecho de que esté casado contigo. Así que, por favor, explícame por qué estás aquí.

–Resulta que estoy de vacaciones. Presumo que se me permite algún que otro descanso ocasional, ¿no?

–¿Y Brad Coulter?

–Es un amigo.

–Ah... ¿Y sería una indiscreción preguntarte durante cuánto tiempo ha... madurado vuestra amistad?

–¿Qué quieres decir? –preguntó Paige a la defensiva.

–Te estoy preguntando cuánto tiempo llevas en este paraíso.

–Cerca de tres semanas.

Nick silbó admirado.

–¿Y todo te lo has pagado con lo que ganas en Harrington? ¿O has recibido alguna subvención en nombre de la amistad?

Paige se sobresaltó. ¿Había averiguado que Jack y Angie le habían hecho un precio especial? ¿Cómo demonios se habría enterado?, se preguntó humillada.

–¿Y qué si así fuera? ¿Acaso te preocupa?

–Pronto averiguarás que me preocupan muchas cosas –se quedó en silencio un instante–. ¿De verdad no has venido con intención de conseguir algún contrato para el negocio familiar?

–Harrington no tiene contratos en el extranjero. Y tú deberías saberlo.

–Bueno, eso es algo que convendría revisar. Dime, ¿te has puesto en contacto con la oficina durante las vacaciones? ¿Has recibido algún fax o algún correo electrónico?

–No –respondió desafiante–. Y tampoco los esperaba. No cuando estas son mis primeras vacaciones desde... –se interrumpió un instante–. Desde hace un año.

–Desde nuestra luna de miel. ¿No era eso lo que ibas a decir?

–Desde el viaje que me obligaron a hacer después de la boda. ¿Por qué ponerle ese ridículo nombre?

–Quizá sea un poco purista con los convencionalismos. ¿Pero de verdad no te has puesto en contacto con la empresa?

–De verdad. Decidí que quería unas verdaderas vacaciones.

Apartó de su mente el recuerdo de su última discusión con Toby por haberse marchado.

–Yo diría que te las merecías. Y también te mereces disfrutar de un pequeño romance.

–Gracias. Tú pareces estar pasándotelo muy bien.

–Ah –dijo Nick suavemente–. Pero las apariencias engañan, ¿no crees?

¿Igual que él la había engañado cuando le había hecho pensar, durante una sola noche, que su matrimonio podría llegar a funcionar?

–Creo –dijo–, que normalmente son tal como parecen. Y ahora, ¿me perdonas, por favor? Mis amigos deben de estar preguntándose dónde estoy. Y estoy segura de que en tu fiesta también te están echando de menos –añadió con fría educación.

–Qué considerada –parecía divertido–. Pero creo que tenemos cosas de las que hablar.

–Nada que no pueda esperar unos meses. Mi abogado se pondrá en contacto contigo.

–Unas vacaciones en el Caribe y un divorcio –dijo Nick, pensativo–. Esta temporada te va a salir muy cara.

Las antenas de Paige se pusieron inmediatamente alerta. Porque las palabras de Nick habían sonado como una amenaza.

–¿Por un divorcio en el que ambas partes están de acuerdo? No lo creo.

–¿Es que no piensas tener en cuenta las esperanzas y los sueños rotos? –su tono era burlón–. ¿La laceración de uno de los más nobles sentimientos?

–Los sentimientos no estaban incluidos en el trato.

–Quizá esté pensando en la posibilidad de renegociar nuestro acuerdo.

El insidioso temblor comenzó de nuevo en lo más profundo de las entrañas de Paige. Pero respondió con frialdad:

–Imposible. El contrato original continúa vigente, aunque ya no por mucho tiempo. Quiero marcharme, Nick, así que no me vengas con juegos. No pienso dejarme impresionar.

–Qué dura eres, Paige, pero hablar es fácil. ¿Estás preparada para la pelea?

–Eso tampoco formaba parte del acuerdo –el corazón le latía violentamente. Paige se llevó la mano a la gargantilla que llevaba al cuello y tiró mecánicamente de ella.

–Considéralo una idea de último momento.

–Entonces te recomiendo que te lo vuelvas a pensar.

Nick clavó la mirada en los nerviosos movimientos de su mano.

–Ya veo –le dijo–, que te has quitado la alianza.

–No soy hipócrita. No me gusta fingir.

–No, eso tengo que reconocerlo.

Se hizo un incómodo silencio.

–Nick, esto no hace ninguna falta. Nuestro matrimonio solo ha existido sobre el papel. ¿Por qué poner las cosas difíciles cuando estamos a punto de ponerle fin?

–Digamos que no me gusta dejar las cosas sin terminar.

–Pero ¿cómo vas a terminar algo que nunca ha empezado? Además, has conseguido lo que quieres, un sillón en la junta de Harrington.

–Ah, sí –dijo–. Por cortesía de un incestuoso acuerdo familiar que debería haber sido revocado legalmente hace años –había una nota de enfado en su voz.

–Hasta ahora ha funcionado perfectamente.

–¿Ah sí? ¿Entonces por qué has tenido que casarte conmigo? Harrington puede haber sido un gigante, pero ahora mismo es un pigmeo en el mundo de los negocios.

–¿Cómo te atreves a insultar de esa forma a mi familia? –le preguntó Paige acalorada.

–A veces la verdad duele, Paige. Y también las malas inversiones.

–Te sugiero que hables de esto con los miembros de la junta. Ahora yo solo soy una empleada y no tengo ganas de seguir discutiendo. En cuanto a nuestro no–matrimonio, está a punto de terminarse. Y nada de lo que puedas decir o hacer podrá cambiar eso.

–En eso te equivocas –le dijo Nick suavemente–. Porque todavía no he terminado contigo, pequeña. De hecho... todavía no he empezado.

Ambos permanecían muy quietos, pero el espacio que había entre ellos parecía haber disminuido de forma extraña. Paige casi podía sentir el aliento de Nick en la mejilla. El roce de su cuerpo contra el suyo.

Paige emitió un sonido inarticulado y dio un paso adelante. Manteniéndose a la distancia de un brazo de Nick y haciendo un esfuerzo sobrehumano para no salir corriendo, se alejó de la playa.

No miró atrás, pero no hacía falta que lo hiciera para sentir los ojos de Nick en su espalda, marcándola como si su mirada fuera de hierro candente.

Pero no iba dejar que la marcara. Ella no era una de sus posesiones. Y nunca lo sería.

–Así que estás aquí –dijo Brad alegremente–. Estábamos a punto de salir a buscarte.

–No hay muchos lugares en los que perderse en esta playa –respondió Paige fingiendo naturalidad.

–¿Qué ha pasado? –le susurró Angie cuando Paige se sentó a su lado–. Estabas bailando con Brad y de pronto te has ido a la playa.

–Necesitaba tomar aire –respondió Paige en el mismo tono–. Me ha entrado un terrible dolor de cabeza.

–Qué mala suerte, ¿quieres que nos vayamos?

–Creo que sería lo mejor. Tengo que terminar de hacer el equipaje y mañana me espera un largo viaje –por el rabillo del ojo, vio a Nick regresando de la playa. Por un instante pensó que iba a acercarse a su mesa, pero pasó por delante de ella sin dirigirle una sola mirada.

No había salido completamente ilesa. Pero podía haber sido mucho peor, reconoció.

Mientras se marchaba unos minutos después, se arriesgó a mirar hacia la mesa de Nick para saber si la había visto, pero él parecía completamente enfrascado con la rubia.

Lo cual, se dijo con vehemencia, solo podía ser motivo de alivio.

Brad retuvo la mano de Paige entre las suyas mientras se despedían.

–Hasta mañana –le dijo y ella sonrió, intentando sentirse interesada y agradecida.

Pero le resultaba imposible. Su mente era un torbellino de pensamientos. Jack y Angie hablaban quedamente en el coche, en consideración a su dolor de cabeza mientras ella permanecía en la oscuridad del asiento de atrás, recordando obsesivamente la escena de la playa. Se preguntaba qué habría querido decir Nick, y no encontraba respuesta. Al menos ninguna que la ofreciera un mínimo consuelo.

Pero Nick siempre había sido un enigma, se dijo.

Se abrazó a sí misma, intentando controlar el temblor y las náuseas.

Era por culpa de la impresión, se dijo. Nick era la última persona a la que esperaba o quería ver. Y por una de esas ironías de la vida, habían coincidido en una pequeña isla, en el mismo restaurante y a la misma hora.

Si hubiera pasado la noche en cualquier otra parte lo habría evitado como había estado haciendo desde hacía meses. Revisaba el calendario de trabajo de Nick y cuando sabía que iba a pasar por los cuarteles generales de la compañía se aseguraba de tener reuniones en cualquier otra parte del país.

–Deberías esforzarte más –le había reprochado Toby en la última ocasión–. Por tu culpa Denise se ve obligada a entretenerlo y eso la asusta terriblemente.

–Es la esposa del director general, Toby. A ella le corresponde hacer ese trabajo.

–Pero ella no entiende lo que está pasando. No entiende por qué nunca estás a su lado.

Y con motivo, pensó Paige en silencio. En el momento de hacer el contrato, ambas partes habían estado de acuerdo en que la discreción fuera total. Y toda la familia sabía que la mujer de Toby era capaz de extender cualquier rumor por toda Gran Bretaña.

–Bueno, estoy seguro de que se te ocurrirá alguna explicación convincente. Porque te aseguro que no pienso vivir bajo el mismo techo que Nick solo para no herir la sensibilidad de Denise –se interrrumpió–. Y te aseguro que Nick tampoco tiene muchas ganas de pasar tiempo en mi compañía.

Y era cierto, estaba segura. Pero entonces, ¿por qué había ido a buscarla aquella noche?, se preguntó a sí misma, intentando concentrarse en el presente.

De vuelta en Les Roches, aceptó la pastilla de paracetamol que Angie le ofreció y subió a su habitación.

La mayor parte del equipaje estaba hecho, pensó, mirando a su alrededor; el resto tendría que esperar al día siguiente. Así que se ducharía y se metería pronto en la cama.

Se acercó al tocador, se sentó y se echó el pelo hacia atrás. Estaba pálida, advirtió con un suspiro. De pronto se tensó y se llevó la mano a la cadena que llevaba al cuello. Había perdido la perla.

Debía de haber sido cuando había estado tocándose la cadena en la playa, pensó. Un motivo más para odiar a Nick.

Se quitó con tristeza los pendientes. Perlas que simbolizaban lágrimas. Quizá la pérdida de aquella lágrima quisiera indicarle que no perdiera más tiempo lamentándose por el pasado.

Lo que tenía que hacer era mirar hacia delante, no hacia atrás. Y empezaría a darse impulso con una buena noche de sueño, se prometió.

Pero era más fácil decirlo que hacerlo. A pesar del ventilador del techo apenas corría aire en la habitación y Paige daba vueltas y vueltas en la cama, buscando el rincón más frío.

Por primera vez, se alegraba de volver a casa. La llegada de Nick lo había arruinado todo y lo único que podía hacer era alegrarse de que hubiera aparecido al final de sus vacaciones, en vez de al principio.

«Todavía no he terminado contigo». Aquellas habían sido sus palabras, así que todavía había alguna posibilidad de que intentara ir a buscarla. Sintió una fugaz satisfacción al pensar que no la encontraría. No, esa vez no.

St. Antoine no era suficientemente grande para los dos, pero cuando estuviera de vuelta en Londres, tendría muchos lugares en los que esconderse. Contaría además con el respaldo de su familia. De su padre en particular, que siempre se había sentido incómodo con aquella situación.

Suspirando, Paige se volvió en la cama y fijó la mirada en el techo.

Necesitaba volver a recuperar el control sobre la situación, y rápido. Había sido lo inesperado de aquel encuentro lo que realmente la había afectado; alzar la mirada y encontrarse a Nick entre la multitud.

Aquello le recordó, dolorosamente, la primera vez que lo había visto. Era uno de los recuerdos que más había intentado olvidar. Pero continuaba tan vívido en su cerebro como si hubiera sucedido el día anterior. O esa misma noche.

Había sido en una despedida de soltera. Una de las chicas de la revista acababa de comprometerse y Paige y otras compañeras habían quedado en un pub para celebrarlo. Paige tenía trabajo que terminar, así que había sido la última en llegar al pub, donde las otras tres ya estaban sonrojadas por el champán y con ganas de hacer diabluras.

–Estamos puntuando las cualidades de los clientes del uno al diez –dijo Becky en voz alta–. La mitad de ellos no alcanza ni el dos. Y la otra mitad ni siquiera es puntuable.

Paige había gemido para sí. Evidentemente, aquella no iba a ser su noche, pero estaba allí y, por el bien de Lindsay, había decidido intentar pasárselo bien.

Su mesa, situada en una esquina, había comenzado a llamar la atención de la clientela del pub, predominantemente masculina. Unos los miraban divertidos, otros con intenciones depredadoras y algunos con evidente desprecio.

Y de los últimos, destacaba uno en particular. Estaba acodado en la barra, junto a otro hombre. Era alto, muy serio e iba impecablemente vestido. Tenía un rostro interesante a pesar de su expresión sardónica. En él había algo especial, no fácilmente definible, que llamaba la atención. Una sensación de poder. O de control, que era casi tangible en medio de un local abarrotado.

Pero nada de ello explicaba el evidente desdén con el que miraba a Paige y a sus compañeras. De pronto, Paige se convirtió en el centro de su atención. Cuando Paige comenzaba a sentir que se le tensaba la garganta, él desvió la mirada y reflejó con su postura una completa y profunda indiferencia.

Mientras estaba intentando ahogar un jadeo, Paige sintió que Becky le daba un codazo.

–¿Quién es tu amigo?

Paige se encogió de hombros.

–No lo sé.

–Pues es el más guapo del pub –Becky hizo una mueca–. Dios, este lugar es mortal.

–Entonces intentemos animarlo –Rhona volvió a

llenar las copas–. Cuando cuente tres, vaciaremos las copas y la última tendrá que pagar una prenda.

Paige gimió. Ella ni siquiera era rápida bebiendo agua, pero era evidente que si protestaba sería la única voz disonante. Era más fácil seguir la corriente, pensó resignada, mientras alzaba su copa.

Tal como esperaba, fue la última en terminar.

–¿Qué prenda le ponemos? –preguntó Lindsay contenta–. ¿Rodear el pub sin tocar el suelo? ¿Imitar un striptease?

–¡Tengo algo mejor! –exclamó Becky con una sonrisa calculadora–. Tendrá que acercarse a don Orgulloso y ofrecerle diez dólares a cambio de un beso.

–Oh, vamos –repuso Paige alarmada.

–Tienes que hacerlo –le advirtió Rhona riendo–. Si no, te obligaremos a desnudarte de verdad.

Lentamente, Paige sacó un billete de diez dólares de la cartera. Sabía que ninguna de las otras habría vacilado. Pero aquel no era su estilo.

Lo mejor que podía esperar era que aquel hombre pensara que estaba borracha y la ignorara. El peor escenario que podía imaginar implicaba tener que besarlo. O dejar que la besara, se corrigió al instante.

«Hazlo», se ordenó a sí misma, y se levantó. Se suponía que debía caminar con gracia hasta él, pero solo era capaz de colocar un pie detrás de otro intentando no tropezar. Intentó sonreír. Y ensayar algunas palabras. Pero tenía la mente en blanco.

Comprendió que su objetivo había notado su acercamiento. Se había vuelto hacia ella con los ojos entrecerrados.

Paige aceleró el paso, desafiante.

–Hola –el miedo enronquecía su voz, pero quizá no fuera del todo malo.

–¿Hay algo que pueda hacer por usted?

–En realidad sí –sonrió y le mostró el billete que llevaba en la mano–. Me gustaría comprar un beso.

Todas las conversaciones parecieron interrumpirse de pronto. El silencio que los rodeaba vibraba de diversión y una extraña tensión.

–¿De verdad? –se inclinó contra la barra y la miró a los ojos. Había en ellos una mezcla de burla y de otro sentimiento que Paige no era capaz de descifrar–. ¿Solo un beso?

La recorrió lentamente con la mirada, observando el vestido negro y la chaqueta a juego que llevaba como si estuviera desnudándola con los ojos.

Paige tragó saliva. Su último vestigio de valentía desapareció ante la calculada insolencia de su mirada. Se sentía como si estuviera en medio de una pesadilla, pensó, resistiendo el impulso de cubrirse con las manos. El sentido común le decía que huyera, pero parecía incapaz de moverse.

Vio que él se metía la mano en el bolsillo y sacaba un billete de cincuenta dólares.

–Una contraoferta. Pero espero mucho más que un beso, querida, ¿qué te parece?

Paige oyó entonces la primera carcajada del público y en el mismo instante sintió una oleada de calor envolviéndola de la cabeza a los pies.

Se descubrió a sí misma inmovilizada, torturada por la vergüenza mientras aumentaba el volumen de las carcajadas a su alrededor y escuchaba los comentarios de desdén que las acompañaban.

–Ni los sueñes –fue lo único que consiguió decir mientras se obligaba a moverse.

Se volvió y regresó hasta su mesa, intentando no echar a correr. Intentando disimular su frustración y, al mismo tiempo, aceptar que ella era la única culpable de lo ocurrido.

–¿Qué ha pasado? –le preguntó Lindsay–. ¿Qué demonios te ha dicho?

Paige se encogió de hombros y se metió el dinero en el bolsillo.

–Ese hombre no tiene ningún sentido del humor. Me ha rechazado.

–Canalla miserable –Becky miró rencorosa hacia la barra, donde encontró un montón de rostros sonrientes observándolas–. Oh, salgamos de aquí cuanto antes y vayamos a otro sitio más divertido.

Una vez fuera, Paige se negó firmemente a acompañar a sus amigas a otro pub. Tomó un taxi y se hundió en el asiento de atrás, cerrando los ojos con cansancio. Pero la imagen de aquel desconocido apareció en su mente. Se sentó bruscamente, ahogando un gemido.

No podía comprender por qué estaba tan afectada. Por qué todavía temblaba.

Se había comportado como una estúpida y él la había tratado con el desprecio que probablemente se merecía, pero no había pasado nada más.

De modo que ¿por qué estaba reaccionando de una forma tan exagerada cuando lo mejor que podía hacer era aparcar aquel desagradable incidente en el último rincón de su mente?

Había sido un desafortunado encuentro, eso era todo. Pero no volvería a ver a aquel hombre en toda su vida.

Solo por si acaso, se aseguraría de no volver a poner un pie en aquel pub, había decidido con un firme asentimiento de cabeza.

Se sentía tan segura, tan a salvo. ¿Cómo iba a prever entonces que solo unas semanas después aquel hombre volvería a su vida?

Con un débil gemido, dio media vuelta en la cama y enterró la cabeza en la almohada.

Y había vuelto otra vez, pensó inquieta, recordándole el dolor y las humillaciones que había sufrido en sus manos. Su presencia era una amenaza para su recientemente conquistada paz mental.

Si ella se lo permitía.

Pero al día siguiente se iría, pensó. Y Nick volvería a su yate, con sus amigos y con su rubia. Y si ella jugaba bien sus cartas, la próxima vez que lo viera estarían divorciados y se habría librado para siempre de él.

A la mañana siguiente, estaba terminando de desayunar en la terraza del hotel cuando apareció Jack con aspecto muy serio.

–Acaba de llamar Brad –le dijo–. Al parecer está a punto de estallar una tormenta y a Hilaire le gustaría salir antes de que cierren el aeropuerto.

–Muy bien, estoy preparada –Paige se terminó precipitadamente el café y se levantó.

–Pero yo no –protestó Ángela–. Yo pensaba que íbamos a pasar la mañana juntas.

–Todavía podrás hacerlo, pero solo si Paige está dispuesta a quedarse con nosotros hasta que termine la tormenta. Ya sabes que no queremos que te vayas.

–Entonces ahora es el momento ideal para marcharse, antes de que os hartéis –le dio a Ángela un abrazo–. Desde luego, no puede decirse que la vida sea aburrida en este lugar. Nunca había tenido que huir de una tormenta.

Aunque no solo era del tiempo del que estaba intentando escapar, pensó mientras subía a su habitación por última vez.

Cuando bajó de nuevo, Brad estaba esperándola al final de las escaleras.

–¡Vuelve pronto! –le gritó Ángela mientras se alejaban los dos en el coche.

–Apoyo la propuesta –Brad la miró sonriente.

–No vas a tenerme lejos durante mucho tiempo.

Llevaban bajadas las ventanillas del coche mientras se dirigían a la pista de aterrizaje, pero no corría ni una gota de aire que aliviara la pesadez del ambiente. Había una extraña quietud en el aire, como si hubiera sido suspendido el orden natural de las cosas y estuviera a punto de ocurrir algo extraordinario.

En la pista, las formalidades eran pocas. Brad permaneció con ella mientras guardaban las maletas en el taxi aéreo.

Cuando se inclinó para besarla, ella permaneció pasiva ante su abrazo. Brad la soltó con desgana.

–Todavía tienes tiempo de cambiar de opinión. Podrías quedarte.

–Brad, ya te lo dije. Tengo que volver al trabajo.

–Y yo ya te dije que te daré trabajo en cuanto quieras. Te daré todo lo que quieras. Diablos, Paige, no quiero perderte.

Pero eso era imposible, entre otras cosas, porque en realidad nunca le había pertenecido, pensó ella. Y sabía además que una relación con él no funcionaría.

Se detuvo bruscamente, preguntándose cómo podía estar tan segura. Por qué sabía que aquel hombre amable y atractivo no era para ella.

Brad le dio un beso de despedida, ella le dirigió una última sonrisa y subió al avión.

Solo había cuatro asientos y estaban todos vacíos.

–¿Yo soy la única pasajera? –le preguntó a Hilaire, que estaba ya en los controles.

–Hay uno más. En cuanto llegue nos iremos.

–Supongo que el vuelo no será peligroso, ¿verdad?

–Confíe en el viejo Hilaire, señora. En cuanto llegue el caballero al que estamos esperando, saldremos. Mire, ahí está.

Por fin, pensó Paige con alivio. Cuanto antes salieran, mejor.

Cuando entró el nuevo pasajero, alzó la mirada hacia él con una educada sonrisa. Pero el cuerpo se le quedó completamente rígido y el aire abandonó sus pulmones en un jadeo de puro asombro.

–Vaya, qué pequeño es el mundo –dijo Nick Destry suavemente.

Se sentó enfrente de Paige, se ató el cinturón de seguridad y se volvió hacia ella.

–Buenos días, cariño. ¿Huyendo otra vez?

–Voy a hacerlo ahora.

Intentó desatarse el cinturón desesperadamente. Tenía que irse, salir cuanto antes del avión. Porque una tormenta tropical era preferible a tener que estar enjaulada con Nick, aunque solo fuera durante un corto vuelo.

Pero cuando por fin había conseguido soltarse el cinturón, oyó el motor del aparato, que empezaba a moverse preparándose para el despegue.

Y comprendió que era demasiado tarde.

Capítulo 3

QUÉ ESTÁS haciendo aquí? –consiguió preguntarle cuando recuperó la voz.

–Volar a Sainte Marie.

–Pero ayer desembarcaste de un yate...

–Sí –se encogió de hombros–, pero no podía permitirme el lujo de quedarme en St. Antoine esperando a que pasara la tormenta, así que he decidido usar el taxi de Hilaire.

–Estoy segura de que te echarán de menos –replicó sin poder contenerse. Inmediatamente deseó haberse mordido la lengua. Acababa de hablar como una mujer celosa.

–Permíteme dedicarte el mismo cumplido. He visto a Brad Coulter marchándose en su coche como un alma perdida. ¿Lo has consolado con una cariñosa despedida?

–Eso no es asunto tuyo.

–Creo que eso es opinable. Al fin y al cabo, todavía estamos casados.

–Legalmente.

–Y eso es importante. De modo que es natural que tenga... ciertas preocupaciones.

–«Natural» no es una palabra que se le pueda aplicar a nuestra relación. Estoy deseando poner fin a esta ridícula farsa.

–En ese caso, ya tenemos algo en común –replicó Nick fríamente–. Y hasta entonces, ¿sería posible que pudiéramos tratarnos con un mínimo de educación? En caso contrario, estos treinta minutos de vuelo se nos van a hacer eternos.

–Puedo ser educada siempre y cuando no te dediques a hacer comentarios estúpidos, ¿comprendido?

–Por mí, estupendo. Aunque la tentación es casi irresistible, créeme. Pero nada de bromas.

–Gracias.

Nick asintió en silencio, tomó el maletín que llevaba con él y sacó un fajo de papeles.

Al parecer, la conversación había terminado, que era exactamente lo que Paige quería. Se reclinó en su asiento y prestó atención al paisaje mientras sus pensamientos continuaban fluyendo descontroladamente. Porque la compañía de Nick no iba a durar solo treinta minutos, pensó, sintiendo que se le helaban las entrañas. Al parecer, los dos iban a ir en el mismo avión a Londres, y eso significaba que pasarían horas juntos. Aunque en el avión era poco probable que coincidieran en el mismo asiento.

No, pensó, a menos que tuviera la mala suerte de que alguien la ascendiera a primera clase.

Aunque hasta entonces, la buena suerte había jugado un triste papel en todo lo relativo a Nick, se vio obligada a admitir.

No había pasado ni un mes desde su desastroso encuentro en la barra de un bar, cuando había recibido una llamada de Toby anunciándole una reunión familiar para el fin de semana.

–No me viene nada bien –había protestado ella–. Estaba pensando en ir a París. La revista está haciendo un reportaje sobre los problemas de las personas que viajan sin pareja...

–No solo las personas que viajan sin pareja tienen problemas –la había interrumpido Toby–. Hay un posible financiador del que tenemos que ocuparnos. Y es imprescindible que le causemos buena impresión.

–¿Ah, sí? No sé si me gusta cómo ha sonado eso. ¿Qué es lo que está pasando?

–Nada de lo que tengas que preocuparte. Necesitamos una financiación extra en un breve plazo de tiempo y conseguirla no está siendo tan fácil como pensábamos. Vamos, hermanita. Casi nunca te pedimos que nos ayudes, y recuerda que eres miembro del junta.

–Nominalmente sí.

Paige sabía lo que había detrás de aquella petición, por supuesto. A Denise la aterraba la idea de tener que hacer de anfitriona en solitario, pero también la molestaría que su cuñada tuviera que ayudarla. Paige tendría que poner en práctica todas sus dotes de tacto y diplomacia para que el fin de semana transcurriera sin problemas y evitar que Denise terminara retirándose a su habitación con un supuesto ataque de jaqueca.

–¿Paige? Papá confía en ti, lo sabes. Todos confiamos en ti.

La carta del chantaje emocional, recordó Paige con amargura. Nunca había fallado. Pero si ella hubiera tenido la menor idea de adónde iba a llevarla aquello, se habría ido a París y no habría vuelto jamás.

De modo que el viernes por la tarde había salido pronto del trabajo y había conducido hasta Priors Hampton. Como un cordero caminando por su propio pie hasta el matadero.

–Así que estás aquí –la había saludado molesta su cuñada–. Él todavía no ha llegado, gracias a Dios. Esto es un auténtico desastre. Le he preparado la habitación azul, pero Toby dice que debería haberlo instalado en la suite sur y no sé si tenemos tiempo de cambiarlo todo –estaba a punto de hacer pucheros–. Y la señora Nixon está enfadada desde que ha llegado el catering.

–Me extraña. Siempre ha odiado cocinar para cenas formales. Y creo que la habitación azul es perfecta.

Nuestro invitado es un financiero, no un miembro de la realeza.

Denise inclinó la cabeza.

–No hablarías así si hubieras oído a Toby y a tu padre. Le he preguntado a Toby que si debía ponerle flores en la habitación y se ha puesto furioso. Me ha dicho que no lo molestara con trivialidades. ¿Pero cómo puedo saber lo que tengo que hacer si él no me lo dice?

–Sí, supongo que es muy difícil para ti. Y yo sí pondría esas flores. Si a él no le gustan, seguro que le gustan a su esposa.

–No creo que esté casado. Viene solo –la miró horrorizada–. ¡Al menos eso creo! ¿Debería preguntárselo a Toby?

–Creo que deberías dejar las cosas tal como están. Seguro que todo sale perfecto.

–Para ti es fácil decirlo. Lo único que tienes que hacer es aparecer.

Paige, que se había pasado el día trabajando a destajo para poder llegar puntualmente, tuvo que morderse la lengua y recordarse que aquello no era culpa de Denise. Ella no estaba preparada para atender ese tipo de acontecimientos y después de casarse, había tenido la desgracia de descubrir que se esperaba que asumiera el papel que había jugado su suegra, una anfitriona encantadora y competente que habría conducido con serenidad una situación como aquella.

Paige desempaquetó el vestido que llevaba para la cena y lo colgó en el armario. Era un vestido sencillo de color crema, con un pronunciado escote en la espalda. Lo había comprado en su tienda benéfica favorita. Estaba nuevo porque al parecer, su anterior propietaria lo había llevado a una fiesta en la que había terminado discutiendo con su marido y quería deshacerse de un doloroso recuerdo.

Pero ella, pensó Paige, acariciando los pliegues de seda, no era supersticiosa.

Una llamada a la puerta anunció la llegada de Denise, que apareció nerviosa y con un ramo de fresias en la mano.

–Acaba de llegar –le dijo en un susurro–. Lleva estas flores a su habitación, Paige. Toby me matará si no salgo pronto a recibirlo –miró los pantalones verdes de Paige y su camisa sin cuello–. ¿Eso es lo que te vas a poner?

–Sí, ¿te parece mal?

–Da la sensación de que no te has esforzado mucho.

–Lo que siempre será mejor que aparentar que me he esforzado demasiado.

–Bueno, no sé qué dirán Toby y tu padre. Es muy importante que este fin de semana salga todo bien y se supone que tú tienes que ayudarnos.

–Oh, por el amor de Dios. Qué alboroto tan absurdo. ¿Pero se puede saber quién es ese tipo?

Pero Denise se había marchado, musitando algo distraídamente.

De nuevo a solas, Paige se pintó los labios y se dirigió a la habitación azul. Aquel dormitorio estaba en la parte posterior de la casa y tenía vistas al jardín. A ella siempre le había parecido la más bonita de las habitaciones de invitados, especialmente cuando la inundaba el sol de la tarde.

Paige dejó las flores sobre la cómoda y se acercó a la ventana. Los pájaros cantaban en el jardín y llegaba hasta ella la fragancia de la hierba recién cortada.

Si aquel genio de las finanzas no creía que estaba en el paraíso, era que no tenía remedio y Harrington Holdings estaría mejor sin él.

Entonces se volvió hacia la puerta y oyó voces fuera de la habitación.

Diablos, Toby había llevado a su invitado directamente al piso de arriba, en vez de ofrecerle un té en el salón como ella esperaba. Y lo último que quería era que la viera merodeando por su dormitorio.

Durante un instante, pensó en meterse en el baño, pero el sentido común le recordó que probablemente aquel sería el primer lugar que visitaría el financiero. De modo que lo mejor sería salir de la situación con una sonrisa. Al fin y al cabo, no tenía nada de lo que avergonzarse.

De modo que cuando la puerta se abrió, alzó la barbilla y curvó los labios en una sonrisa.

–Esperamos que te sientas cómodo –estaba diciendo Toby en el tono empalagoso que a veces adoptaba.

–Gracias. Estoy seguro de que lo estaré.

Paige reconoció enseguida aquella voz grave y profunda. Se quedó completamente paralizada, con la boca abierta de horror e incredulidad. Pero no había ningún error. Ni siquiera era una alucinación.

El hombre que estaba al lado de Toby, en la puerta de la habitación, con los ojos brillando de diversión, era el mismo al que había abordado en el bar.

–Vaya, habéis pensado en todas mis necesidades –comentó con voz sedosa y Paige sintió que se ponía roja como la grana.

–Paige, ¿qué estás haciendo aquí? –le preguntó su hermano con el ceño fruncido.

–Estaba asegurándome de que todo estuviera en su lugar –respondió con voz estrangulada.

Toby se volvió hacia su acompañante.

–Creo que no conoce a mi hermana. Paige, este es Nicholas Destry, de Maitland Destry.

Paige cuadró los hombros.

–¿Cómo se encuentra, señor Destry? –le preguntó con formalidad.

–En realidad, señorita Harrington, ya nos conocemos –Nicholas Destry parecía estar disfrutando de la situación–. Tu hermana me propuso en una ocasión una transacción financiera, pero al final no fue posible llevarla a cabo. Algo dc lo que siempre me arrepentiré.

–¿De verdad? –Toby estaba estupefacto–. No me lo habías comentado, hermanita.

–Hasta ahora no lo había relacionado con... el señor Destry. Algo de lo que siempre me arrepentiré.

–Por favor, llámame Nick. Al fin y al cabo, prácticamente somos amigos.

A Paige le habría gustado decirle que se fuera al infierno, pero era imposible. Nicholas Destry había ido allí para realizar un importante negocio, de modo que tendría que soportar todas sus burlas.

Se preguntó qué excusa podría inventar para poder regresar cuanto antes a Londres. Pero entonces vio la sonrisa irónica de Nick y comprendió que le había leído el pensamiento.

Tendría que quedarse y aguantar, se dijo con amarga resignación.

–Bueno... eh... Nick, creo que será mejor que te dejemos deshacer las maletas tranquilo –dijo Toby, intentando mostrarse jovial ante la evidente tensión que se respiraba en el ambiente–. Cuando estés listo, puedes reunirte con nosotros en el salón.

Nick Destry continuaba mirando a Paige con un brillo maligno en la mirada.

–¿No quiere quedarse, señorita Harrington, y echarme una mano?

–Sí, por supuesto –dijo Toby, ligeramente aturdido–. Si Paige puede servirle de ayuda...

Pero Paige lo interrumpió fríamente.

–Lo siento, señor Destry, mi cuñada me está esperando. Pero si necesita ayuda, estaré encantada de enviarle al ama de llaves.

–Creo que conseguiré arreglármelas solo –repuso él con una enorme sonrisa.

–Estoy segura. Y ahora, si me perdona...

Toby la agarró del brazo mientras bajaban las escaleras.

–¿A qué viene todo esto? –le preguntó con recelo–. ¿Y dónde conociste a Nick Destry?

–Creo que fue en Londres. No me acuerdo. Al parecer, él tiene mucha mejor memoria que yo –añadió.

–Bueno, es evidente que lo has impresionado. Intentaremos aprovecharlo –se interrumpió–. Y no olvides lo importante que es este fin de semana para todos nosotros, ¿de acuerdo?

–Dudo que tenga oportunidad de hacerlo –replicó Paige–. Todo el mundo parece empeñado en recordármelo –lo miró de reojo–. ¿Qué está pasando en Harrington Holdings, Toby? ¿Qué tipo de problemas tenemos para necesitar que alguien como Nick Destry los solucione? La verdad es que me preocupa.

–Bueno, pues no tienes por qué preocuparte. Hemos sufrido algunos reveses, pero no es nada que no podamos solucionar si todos colaboramos.

–Toby, no te apoyes en mí para ganarte la confianza de Nick Destry –le advirtió Paige–. Y por favor, puedes creer que nunca vamos a ser amigos.

–Pero no podemos permitirnos el lujo de tenerlo como enemigo. Y quizá deberías recordarlo.

Paige tuvo que admitir que los modales de Nick durante el té fueron impecables. Mantuvo una conversación amena e inteligente sobre una gran variedad de temas, de modo que hasta Denise comenzó a relajarse.

Cualquiera que lo oyera pensaría que aquella era una simple visita social, pensó Paige mientras masticaba un inofensivo sándwich de pepino con la sensación de que estaba hecho de cemento. Pero ella sabía que no era cierto. Aquel fin de semana representaba la oportunidad de hacer un negocio. Y ella no se conformaba con ser un mero objeto de decoración.

Quizá debería haber puesto más interés en los negocios de la familia. Pero en realidad nunca la habían animado a incorporarse a lo que siempre había sido un mundo de hombres.

El hecho de que estuvieran en el siglo XXI no había alterado los arraigados prejuicios de los hombres de la familia. Ella era la primera mujer nacida desde la época de Crispin, y al igual que mimada, había sido excluida con amabilidad de lo que se consideraban las cosas realmente importantes de la vida.

El hecho de que hubiera encontrado trabajo en una revista y se hubiera independizado, se había considerado como una especie de aberración.

Pero si estaban teniendo problemas serios, pensaba Paige, quizá aquel fuera el momento de que también la tomaran a ella en serio.

Mientras dejaba la taza vacía en la mesa, fue repentinamente consciente de que la estaban mirando. Alzó la mirada y descubrió los ojos de Nick Destry sobre ella. En las comisuras de sus labios bailaba una sonrisa y el cuerpo de Paige reaccionó con un ligero estremecimiento en respuesta.

Por un instante, Paige dejó de oír las risas y los murmullos de la conversación. Solo era consciente de él. Se sentía como si los hubieran encerrado en una campana de cristal.

Sintió que se le secaba la boca. Con un rápido movimiento, tomó una fuente de pastas y se la acercó a su padre. Necesitaba hacer cualquier cosa para romper el hechizo, pensó frenética.

Y se le ocurrió, con repentina claridad, que por serios que fueran los problemas que estaba atravesando

Harrington, su problema más serio podía estar allí mismo, en esa misma habitación.

Aquella noche, Paige vaciló durante mucho tiempo antes de ponerse el vestido crema, pero luego se dijo que estaba siendo ridícula. Iba a vestirse para sí misma, no para Nick Destry.

Estaba reaccionando de forma exagerada, comprendió, pensando en lo que había sucedido durante el té. Lo que le ocurría era que todavía era demasiado consciente de la humillación que había sufrido durante su primer encuentro con Nick. Esa era la única explicación. Lo que tenía que hacer era asumir lo ocurrido, hablar abiertamente sobre ello con Nick e intentar superarlo.

Después de maquillarse y vestirse, bajó decidida al salón. Antes de entrar, tomó aire, intentando tranquilizarse. Un buen movimiento, porque resultó que Nick Destry era el único que estaba en la habitación, asomado en aquel momento a las ventanas que daban al jardín.

Estaba de espaldas a ella y parecía absorto en sus pensamientos. Paige se preguntó al instante si habría posibilidad de una retirada estratégica antes de que Nick advirtiera su presencia.

Pero sin ni siquiera volverse, Nick comentó:

–Debo de ser la pesadilla de mis anfitriones. Al parecer siempre llego antes que ellos.

–No, no de verdad –Paige dio un paso adelante–. No sé dónde están los demás –añadió, mirando a su alrededor como si fuera a encontrarlos escondidos detrás de los sofás.

–Supongo que celebrando un consejo de guerra en alguna parte –se volvió y la miró con intensidad.

La formalidad del traje y la corbata acentuaban su

formidable atractivo, reconoció Paige a su pesar. Y no disminuían lo más mínimo la energía que aquel hombre emanaba. Ni tampoco aquello que a Paige más la confundía e inquietaba: la sensación de que tras aquella fachada de encanto y elegancia se escondía un tigre salvaje.

–¿A usted no la han invitado a reunirse con ellos?

–¿Deberían haberlo hecho?

–Es usted miembro de la junta de Harrington.

–Sí, pero eso significa muy poco en mi caso. Si eres miembro de la familia, es imposible no serlo también de la junta. Así lo consideraba mi bisabuelo.

–Desde luego. ¿Y sabe alguien por qué?

–Porque estaba decidido a que la empresa quedara en manos de sus descendientes y no pudieran apropiarse de ella personas ajenas a la familia. ¿Quiere una copa?

–Sí, gracias. Un whisky con un dedo de agua.

Paige se acercó al mueble–bar y sirvió una copa. Se volvió hacia Nick, cruzó la habitación y se la tendió.

–Espero que esté bien preparado.

–Tiene buen aspecto –respondió Nick mientras ella se servía una copa de sherry–. ¿Por qué brindamos?

–¿Por qué no por el abuelo Crispin?

–Como quiera –parecía divertido, pero brindó–. ¿Pero no le parece un poco absurda su actitud en esta época?

–No particularmente –mintió–. Mientras quede algún Harrington, ¿por qué renunciar a dirigir nuestra propia empresa? Al fin y al cabo, usted es propietario de Maitland Destry. Y presumo que todavía hay más de un Destry en el banco.

–Por supuesto, dos.

–Bueno, ahí lo tiene –Paige bebió un fortificante sorbo de sherry–. Y supongo que esperará que cuando llegue el momento, sea su hijo el que tome las riendas.

–Supongo que sí, si es que algún día tengo alguno.

–¿No quiere tener hijos?

–Algún día. Pero para ello es necesario encontrar antes una esposa. Y de momento he estado demasiado ocupado para hacerlo.

–Tiene que tener cuidado. Ya sabe lo que dicen sobre las personas que solo trabajan y no saben divertirse.

–Oh, no se preocupe por mí. Yo juego, señorita Harrington, pero siempre cuándo y como quiero –deslizó lentamente la mirada sobre ella.

Paige se apartó rápidamente. Se acercó a la chimenea y permaneció a un lado, como si estuviera de guardia. Nick la siguió, ocupando la posición contraria. Paige tenía intención de aclarar las cosas con él y decidió que aquel era un momento propicio.

–En realidad, debería darle las gracias –dijo de pronto.

–Me sorprende, ¿por qué?

–Por no haberle contado a mi familia la verdad sobre nuestro primer encuentro –sonrió con pesar y se encogió de hombros–. No es ese uno de mis mejores recuerdos. Y debo disculparme por aquella tontería. Me temo que habíamos bebido demasiado.

–Desde luego, sus compañeras sí.

A Paige le dio un vuelco el corazón. ¿Habría estado observándolas?, se preguntó.

–Lo que estoy intentando decirle –explicó–, es que no suelo tengo la costumbre de acercarme a desconocidos para pedirles que me besen.

–Para mí también fue la primera vez. Sin embargo, permítame un consejo: habría tenido más éxito si no hubiera ondeado el billete como si fuera una bandera de guerra –fijó la mirada en sus labios entreabiertos–. Lo único que tendría que haber hecho era pedirlo.

Se hizo un momento de silencio entre ellos, un silencio cargado de tensión.

–Gracias –consiguió decir–. Pero no tengo previsto aceptar más desafíos de ese tipo.

–La vida sería muy triste sin ese tipo de juegos. Recuerde, la gente que solo trabaja...

Paige bebía el sherry como si fuera cicuta. De pronto se abrió la puerta y entró su padre.

–Mi querido amigo, lo siento. Qué error imperdonable haberle echo esperar –Francis Harrington le brindó una sonrisa–. Espero que Paige haya estado atendiéndolo.

–Oh, sí –contestó Nick suavemente–. He estado muy entretenido, gracias.

–Excelente. Déjeme servirle otra copa. Veo que este fin de semana promete hacer buen tiempo. ¿Sabe que tenemos una cancha de tenis?

Iniciaron una amigable conversación y Paige se volvió, agradeciendo que su dura prueba hubiera llegado al final. Aunque en su fuero interno, tenía la sensación de que aquella prueba no terminaría hasta el domingo por la tarde, cuando pudiera estar cientos de kilómetros de Hampton Priors. Y a una distancia todavía mayor de Nick Destry.

Para sorpresa de Paige, la cena se sirvió en el comedor familiar, en una mesa circular. El corazón se le cayó a los pies cuando vio que la habían sentado al lado de Nick.

Este le sostuvo la silla y cuando Paige se sentó, rozó la piel expuesta de su espalda. Fue el más ligero de los contactos, pero Paige lo sintió hasta en los huesos. Todas sus terminales nerviosas estaban temblando.

La vichyssoise estaba excelente, pero Paige apenas la probó. Para su alivio, durante el primer plato Nick estuvo hablando con Denise, que estaba sentada al otro lado de él. En otras ocasiones, a Paige la había molestado la risa cantarina de su cuñada, pero en aquel momento deseaba fervorosamente que Denise continuara monopolizando su atención.

Pero sus esperanzas fueron vanas. Mientras los eficientes camareros del catering estaban cambiándoles los platos, Nick le dijo suavemente:

–Relájese.

–Estoy bien.

–Está vibrando como toda la sección de cuerda de una orquesta.

Paige se mordió el labio y fijó la mirada en el plato de salmón que tenía delante.

–No sea ridículo –le contestó.

–Si le resulta tan problemático este fin de semana, ¿por qué ha aceptado venir?

–No me quedaba otra opción. En mi familia creemos en la lealtad.

–¿Y hasta dónde está dispuesta a dejar que la lleve esa lealtad, señorita Harrington? ¿O debería llamarla Paige?

–Una vez más, me temo que no tengo opción de elegir.

–Y supongo que eso contesta a mis dos preguntas.

Paige estaba preparándose para una nueva pregunta cuando Nick se volvió de pronto hacia Denise, provocando sus nerviosas risas en cuestión de segundos.

Mientras se llevaba al tenedor a la boca, Paige se dio cuenta de que su padre la miraba con ansiedad. Ella arqueó las cejas con expresión interrogante, pero su padre desvió la mirada y comenzó a hablar con Toby.

¿Qué estaba pasando allí?, se preguntó Paige mientras comía. No era la primera vez que le pedían que fuera a atender a algún invitado. Y, sin embargo, su intuición le decía que en aquella ocasión estaba ocurriendo algo diferente. Había una agenda oculta que solo ella ignoraba.

Las cosas debían de estar peor de lo que pensaba, se dijo a sí misma. ¿Pero por qué?

Después de que les sirvieran el plato principal, Nick se volvió hacia ella. Paige se tensó al instante, pero para su sorpresa, su compañero de mesa inició una agradable conversación sobre literatura y teatro. Como ambos eran temas que le interesaban, a Paige le resultó muy fácil seguirlo. Nick tenía una increíble capacidad crítica, descubrió, y opiniones muy formadas, pero no intentaba imponerlas. Parecía más interesado en lo que ella pensaba, y, al menos durante un rato, pudo sentirse cómoda.

Aun así, sintió un gran alivio cuando terminó la comida y ella y Denise salieron al salón, dejando a los hombres disfrutando del brandy y los puros.

–Creo que todo está saliendo bastante bien –comentó Denise mientras se servía un café–. Pero espero que ese hombre no se convierta en un invitado regular –añadió, frunciendo el ceño–. Admito que es maravilloso, nunca se sabe lo que está pensando... y lo odio. Yo siempre sé lo que Toby piensa –añadió con ingenuidad–. Aunque no me guste mucho.

–Denise, ¿Toby no te ha contado lo que está pasando?

Denise arrugó la nariz.

–La verdad es que no. Pero no creo que las cosas estén yendo demasiado bien. Estuvo aquí esa diseñadora maravillosa, Francine Kaye, y cuando le sugerí a Toby que quería contratarla para que nos ayudara a remodelar esta habitación, estuvo a punto de enfadarse conmigo. Me dijo que no podíamos tirar el dinero.

–Ya veo –Paige miró a su alrededor–. Pensaba que habías cambiado la decoración de la casa hace dos años.

–Sí, lo hicimos, pero el diseño ya se ha quedado anticuado. Y es tan importante tener un ambiente adecuado para las visitas... Toby antes lo comprendía, pero este año no para de hablar de reducir gastos. Estoy harta de oírlo.

Paige intentó aplacarla.

–Me gusta mucho lo que has hecho con la habitación azul.

–¿De verdad?

Y a partir de ahí Denise inició todo un recital sobre telas y colores.

Fuera cual fuera el trato al que estaban intentando llegar con Nick, lo único que Paige podía hacer era rezar para que fuera suficiente para salvar Harrington. Pero Nick Destry no parecía precisamente un salvador. Se asemejaba más a un depredador buscando una presa a la que devorar, pensó.

Pero de lo que no podía dudar era de que llegarían a un duro compromiso que posiblemente obligaría a Denise a aplazar indefinidamente las reformas que deseaba. Podría incluso tener que vender el Porsche, y ponerse el mismo vestido dos veces. Un destino peor que la muerte.

Se interrumpió allí, avergonzada de sí misma. Al fin y al cabo, Toby no había elegido casarse con una economista y tampoco había intentado poner freno a los excesos de Denise, por lo menos hasta entonces.

Y, de alguna manera, ella también había dado todo por sentado hasta entonces. Porque había pensado que Harrington siempre permanecería. La empresa, aquella casa, habían sido su refugio, su nido, lo que hacía que resultaran patéticas todas sus pretensiones de independencia.

Pero a partir de entonces, dejaría aquellas relaciones de dependencia. Hablaría con su padre e intentaría enterarse de la situación en la que estaban.

Solo por un instante, se permitió imaginar el peor escenario posible. Los Harrington podrían perderlo todo, incluso aquella casa.

Pero ella no iba a permitir que eso ocurriera. Haría todo lo que estuviera en su mano para evitarlo.

Lo que fuera.

Capítulo 4

DEBERÍA habérselo imaginado, reflexionó Paige mientras bajaba la mirada hacia el mar. Debería haberse dado cuenta de lo que iba a ocurrir. Tenía delante todos los indicios. Pero era incapaz de pensar que pudieran pedirle algo así.

O que ella pudiera estar de acuerdo.

Aquella era la parte más increíble de la historia.

La intuición le decía entonces que huyera. Pero el deber hacia su familia la había mantenido encandenada.

El tiempo parecía eterno aquella noche, recordó. Los minutos parecían horas.

–¿Cuánto tiempo piensan estar allí? –le había preguntado Denise–. ¿De qué pueden estar discutiendo durante tanto tiempo?

Y Paige, que caminaba nerviosa por la habitación, incapaz de sentarse había pensado en sobrevivir.

–Por el amor de Dios, siéntate. Me estás poniendo nerviosa con tanto paseo.

–Lo siento. Yo también estoy un poco nerviosa. De hecho, me duele un poco la cabeza. Creo que me iré a la cama.

–Oh, pobre –contestó Denise al instante–. ¿Quieres una de mis pastillas? Son increíbles.

–Creo que lo único que necesito es descansar, pero gracias de todas maneras –vaciló–. ¿Puedes disculparme con los demás?

–Bueno, sí. Pero no creo que a Toby le haga mucha gracia. Confiaba en que tú te ocuparas señor Destry.

–Me temo que esa siempre ha sido una vana esperanza –Paige caminó hacia la puerta.

–Pero yo no quiero quedarme sola con él.

–Entonces invéntate un dolor de cabeza. Buenas noches.

Una vez en su habitación, se puso el camisón y se cepilló el pelo. El dolor de cabeza era una ficción, pero podía convertirse fácilmente en realidad. Las tensiones del día la habían agotado.

Pero no podía hacer nada, pensó, excepto esperar que al día siguiente hubiera buenas noticias.

Se alegraba de estar sola, pero los beneficios de una temprana noche de sueño de pronto habían perdido su atractivo.

Sacó una libreta y un bolígrafo del bolso y se sentó al lado de la ventana, intentando anotar ideas para una futura serie de artículos. Tomó algunas notas, pero no conseguía concentrarse, así que, con un suspiro, dejó el cuaderno a un lado y apoyó la frente en el cristal de la ventana.

Al cabo de unos minutos, la sobresaltó una llamada a la puerta a la que siguió la voz de su padre.

–Paige, ¿estás dormida?

–No, papá. Pasa –durante un desconcertante segundo, no supo si debía sentirse aliviada o preocupada.

Francis Harrington asomó la cabeza por la puerta, con expresión de disculpa.

–No quiero molestarte, cariño, sobre todo si no te encuentras bien.

–Ahora estoy bien, papá, de verdad. ¿Quieres que hablemos?

–Sí, tengo muchas ganas de hablar contigo, pero si lo prefieres, podemos esperar hasta mañana.

–Creo que será mejor que lo hagamos ahora, ¿no te parece?

–Quizá –Francis se sentó en una de las sillas del dormitorio.

Tras un breve silencio, le preguntó a Paige:

–¿Qué te parece Nick Destry?

–Papá, no lo conozco lo suficiente para emitir ninguna clase de juicio, ¿por qué quieres saberlo? ¿Es importante?

–Sí, cariño. De hecho, todo el futuro de Harrington depende de ello.

–¿De mi opinión sobre Nick Destry? ¿Cómo es posible?

Se sentó y su mente fue convirtiéndose en un torbellino de pensamientos a medida que su padre iba explicándole los motivos de su pregunta.

Por un momento el tiempo pareció detenerse. Sintió náuseas y quiso gritar: «¡No!» una y otra vez, hasta que el mundo entero comprendiera que era imposible lo que le estaban pidiendo. Pero en cambio preguntó:

–¿Esa es la razón por la que me habéis hecho venir? ¿Para que él pudiera comprobar si estoy a la altura de sus requerimientos?

–Naturalmente, nos parecía deseable que pudierais conoceros.

–Deseable –repitió ella–. Oh, sí, ya entiendo.

Se llevó la mano a la cara, recordando la mirada de Nick desnudando su cuerpo y el billete que insolentemente retenía entre sus dedos aquella noche en el bar...

Todos sus instintos la urgían a negarse, pero sabía que no podía hacerlo.

–¿Sabemos cuándo quiere que se celebre ese matrimonio?

–En cuanto se hayan hecho todos los arreglos necesarios. Pero supongo que es preferible que eso lo hables personalmente con él.

–¿Tengo que hacerlo? –se le tensó la garganta.

–Por supuesto. Y a él le gustaría hacerte una proposición formal, oír de tus propios labios que estás de acuerdo en principio...

–No creo que los principios tengan nada que ver con esto.

Su padre la miró dubitativo.

–Todos nosotros te estaremos eternamente agradecidos, cariño. Quiero que lo sepas. Y en cuanto superemos nuestros actuales problemas, quizá podamos encontrar la forma de desprendernos de Maitland Destry y no tendrás que volver a verlo.

–De todas formas, no pienso tener que verlo durante mucho tiempo.

–No, por supuesto que no. Bueno, ahora me voy. Que descanses, Paige.

¿Descansar?, se preguntó Paige con incredulidad cuando cerró la puerta tras él. No sabía si iba a poder volver a dormir en toda su vida. Se sentía en medio de un caos absoluto. ¿Qué demonios estaría ocurriendo en Harrington? ¿Y la culpa sería de Toby?

Si era sincera consigo misma, tenía que admitir que siempre había dudado de la capacidad de su hermano para dirigir la compañía, pero había evitado cualquier comentario al respecto. No quería involucrarse. Y aquel era el resultado. Un lío infernal en el que estaba metida hasta el cuello.

A pesar de todo, consiguió dar algunas cabezadas a lo largo de la noche, pero incluso durante aquellos breves períodos de descanso, la perseguían los sueños más inquietantes.

Se despertó justo después del amanecer y se quedó en la cama, con la mirada fija en los rayos de sol que se filtraban en la habitación. Aquel iba a ser un hermoso día, una terrible ironía, porque también iba a ser el peor día de toda su vida.

Se levantó. Era incapaz de permanecer ni un minuto más en la cama. Pero nadie de la casa se habría levantado todavía. Era demasiado temprano.

Se duchó, se puso una camisa, una falda vaquera y unas sandalias y bajó sin hacer ruido hasta la cocina. Allí llenó la cafetera de agua y se sirvió una cucharada de café en una taza. Fuerte y solo, pensó mientras removía el brebaje. Algo que la ayudara a animarse.

Salió por la puerta de la cocina al jardín. Había algo en la disposición simétrica de los arbustos y los lechos de flores que resultaba tranquilizador para su espíritu. Aquel era el lugar que siempre había elegido para pensar.

Pero aquel día no tenía nada en lo que pensar. Había tomado una decisión y no había vuelta atrás. No si quería que Harrington sobreviviera y el viejo sueño de Crispin pudiera ser transmitido a la próxima generación.

Su bisabuelo había dejado muy claro lo que esperaba. Quería los mejores arquitectos, los mejores materiales y que todo lo que construyera estuviera en completa armonía con el entorno.

Paige caminaba lentamente, dando pequeños sorbos a su café. Levantó el rostro hacia el sol. Había caído un fuerte rocío y las hojas de las plantas resplandecían bajo el sol de la mañana. Tras ella, la casa parecía estar arraigada en aquel lugar desde el inicio de los tiempos.

Pero no siempre había sido así. Hampton Hall era prácticamente una ruina cuando Crispin Harrignton la había comprado. Él mismo había ido arreglándola poco a poco, devolviéndole la vida. Había diseñado el jardín, había recuperado los viejos rosales y había añadido otros nuevos, había limpiado los jardines y el lago... Un trabajo hecho con amor, y cuyo resultado habían sido las críticas de la gente del pueblo que lo había apodado como «Nick el Loco» cuando había iniciado su labor.

Y esa era la razón por la que ella continuaba luchando para la empresa. La herencia de Harrington que nadie iba a conseguir arrebatarles.

Caminó hasta el césped que rodeaba el lago y permaneció allí mientras se terminaba el café, con la mirada fija en las burbujas que asomaban a la superficie del agua cuando emergía algún pez.

Tiempo después, estaba volviéndose para regresar a la casa cuando se detuvo sobresaltada. Porque no estaba sola. Alguien había destrozado la paz de la mañana.

Nick estaba allí, en la terraza. Su oscura silueta parecía haber sido cincelada en obsidiana. Se interponía entre ella y la casa, como el intruso que en realidad era.

Pero no podía ignorarlo y, desde luego, tampoco salir corriendo. De modo que comenzó a caminar hacia él. Y lo vio descender sin prisa alguna los escalones de la terraza, dirigiéndose hacia ella.

Se detuvieron ambos a varios metros el uno del otro, como si fueran dos oponentes en un duelo. Nick llevaba unos pantalones negros y una camisa blanca con los puños remangados, dejando que asomaran sus bronceados antebrazos.

–Buenos días –la saludó–. La he visto desde la ventana.

–¿A estás horas? –Paige fingió asombro, regodeándose en la posibilidad de que hubiera pasado una noche tan agitada como la suya–. ¿Estaba espiándome, señor Destry? –le preguntó con dulzura–. ¿Temía que intentara ahogarme tirándome al lago?

–Ninguna de las dos cosas. Simplemente he pensado que podía ser una buena oportunidad para que habláramos.

–¿Y de qué tenemos que hablar? Estoy segura de que mi padre le dijo anoche que acepto... su obscena proposición.

Se hizo un tenso silencio tras el que Nick comentó, con exagerada delicadeza:

–Hay una forma fácil de hacer esto, señorita Harrington, y otra difícil. Le sugiero que elija cuidadosamente su opción –se interrumpió–. Al fin y al cabo, yo no he redactado las normas de la junta. Ha sido su bisabuelo el que nos ha obligado a elegir entre la espada y la pared.

–No se atreva a decir una sola palabra contra Crispin. Él tenía visión de futuro... E integridad. Algo a los que algunos hombres de dinero como usted solo pueden aspirar.

–Y si Crispin estuviera aquí, señorita Harrington, ¿qué cree que pensaría sobre la forma en la que está siendo dirigida su empresa? Desde luego, yo no elegiría para ello palabras como «visión de futuro» o «integridad» –la miró con desprecio–. Y permítame recordarle que sin la intervención de este hombre de dinero en particular, este glorioso entorno del que está disfrutando probablemente correría un serio peligro.

El sol de la mañana se nubló de repente y Paige bajó la mirada hacia el camino mordiéndose el labio con dureza.

Paige fue consciente de su movimiento, de la mano que buscaba la suya, y retrocedió instintivamente, aterrorizada. El recuerdo de lo que podía llegar a hacerle con un solo roce era demasiado potente. Y si volvía a tocarla, pensó, sabía que ardería. El riesgo era demasiado grande.

Cuando sus ojos se encontraron, vio en los de Nick un fogonazo de asombro y enfado. Después, él se metió las manos en los bolsillos y retrocedió un paso.

–¿Así se siente más segura?

Pero Paige, que todavía estaba luchando para no perder el control, no contestó.

Al cabo de un momento, Nick dijo, más tranquilo:

–Solo iba a ofrecerle un pañuelo. Y una disculpa. Quizá haya sido demasiado duro, pero tenía la sensación de que era necesaria una nota de realismo. La cuestión es que nadie va a ofrecer a Harrington la clase de inversión que necesita sin condiciones. Y tengo la sensación de que es necesario supervisar desde el primer momento lo que se va a hacer con esos fondos, y eso implica pertenecer a la junta directiva. Desgraciadamente para ambos, solo hay una forma de llegar a esa situación.

–De modo que ha sido idea suya...

–Sí, por supuesto. Pero no voy a disculparme por ello. Porque si Harrington quiere sobrevivir, no hay otra alternativa.

–Gracias –le respondió Paige, sin disimular su ironía–, por ser tan claro.

–Déjeme aclararle algo más –volvió a acercarse a ella–. Con un poco de buena voluntad, podremos superar la situación sin que nadie sufra. Pero ambos tendremos que esforzarnos.

–Sí –respondió ella–. Puedo comprenderlo –vaciló–. Es solo que usted es la última persona del mundo que... –se quedó en silencio al ver su sardónica sonrisa.

–Solo intente recordar que esto es un asunto estrictamente de negocios. No es nada personal.

–Sí –tomó aire–. Bueno, si no tiene nada más que decirme, volveré a la casa.

–He pensado que podríamos evitar la confrontación, e intentar conocernos un poco.

Paige se encogió de hombros.

–No creo que sea necesario. Creo que con que sea capaz de reconocerme el día de la ceremonia, ya está todo arreglado.

–No piensa ceder ni un poco, ¿verdad, señorita Harrington? Comprendo que debe de odiar la sensación de haber sido vendida, pero...

–Pero no estoy en venta, señor Destry –repuso Paige, muy tensa–. Solo soy un préstamo. Usted ocupará su asiento en la junta y yo conseguiré el divorcio más rápido de la historia.

–Eso es lo que yo llamo una buena planificación. Quizá debería dirigir usted Harrington, en vez de su hermano.

–Estoy satisfecha con la actual situación, gracias.

–Bueno, pues yo no. Y tengo la sensación de que nos espera una época muy animada.

Paige pasó por delante de él y subió los escalones de la terraza. La piel le cosquilleaba ante la certeza de estar siendo seguida por su mirada.

¿Un simple acuerdo de negocios?, se preguntó con voz trémula, Dios, ¿cómo se habría metido en aquel lío?

Subió a su dormitorio y permaneció allí hasta que sonó la campana del desayuno. Toby la estaba esperando en la puerta del comedor.

–Hola hermanita, no sabes cuánto te agradezco...

–No me des las gracias –lo cortó–. Sospecho que vamos a tener muchos más problemas de los que podrías haber imaginado.

–Ni lo sueñes. Nick pronto descubrirá que es una voz solitaria. En la junta tendrá que enfrentarse a toda la familia –sonrió confiado–. No nos costará nada marginarlo.

–¿De verdad? ¿Acaso crees que tío James o el primo Roger y su esposa podrán hacer algo contra su dinero? Yo no contaría con ello.

Nick estaba sentado a la mesa cuando entraron, disfrutando del beicon y los huevos revueltos. Se levantó educadamente y le sostuvo la silla a Paige. Esta se sentó murmurando las gracias.

–Bueno, bueno, ¡mira que sois pillos vosotros dos! –dijo Denise, mientras servía el café–. Y yo que pensaba que de verdad no os conocíais y que Paige no quería verte. ¡Y resulta que sois novios! Es increíble.

–Realmente increíble –se mostró de acuerdo Nick, mordiéndose el labio para controlar la risa.

Paige, sorprendida al darse cuenta de que también ella tenía ganas de echarse a reír, bebió precipitadamente un sorbo de zumo de naranja.

–Supongo que la boda será en Londres –continuó Denise, pero Nick sacudió la cabeza.

–Estoy seguro de que Paige querrá estar cerca del hogar familiar. Celebraremos la boda en la iglesia del pueblo, ¿verdad? Tenemos que comunicarle la fecha al párroco. El viernes podría ser un buen día, por ejemplo.

Todo el mundo dejó de comer.

–¿No es un poco precipitado? –preguntó Francis–. Una boda es algo muy difícil de organizar.

–No si se pide una licencia especial. Además, Paige y yo queremos una ceremonia sencilla, ¿verdad, cariño? Y ahora que por fin ha dicho «sí», no quiero esperar ni un día más.

Le sonrió. Ella intentó devolverle la sonrisa, pero los músculos de su rostro no le respondían.

–Hemos pensado invitar solamente a la familia más cercana –continuó Nick, extendiendo mantequilla en una tostada–. Además del padrino, mi única invitada será mi abuela.

–¿No van a venir tus padres? –preguntó Denise, abriendo los ojos como platos.

–Desgraciadamente no. Ambos murieron hace unos años, en un desgraciado accidente de coche. Un niño cruzó la carretera cuando no debía y, para evitarlo, mi madre se estrelló contra un árbol.

–Oh, lo siento. Paige... deberías habérnoslo dicho.

Paige clavó la mirada en el plato.

–Sí, lo siento...

Y era verdad. Había advertido un ligero abatimiento en su voz mientras lo contaba, lo que sugería un residuo de tristeza que todavía no había conseguido superar.

–¿Tu abuela vive en Londres? –preguntó Toby.

–No, ya no. Siempre ha odiado las ciudades y cuando mi abuelo murió, se trasladó al pequeño pueblo de Normandía en el que nació.

Tomó la mano de Paige y ella tuvo que luchar consigo misma para no apartarla.

–Ella estará encantada al conocer la noticia. Siempre me está diciendo que ya es hora de que siente la cabeza.

–Así que eres medio francés –dedujo Denise–. ¡Qué emocionante!

–No puedes ni imaginártelo –terció Paige con ironía–, es un hombre lleno de sorpresas.

–Si ya has terminado de desayunar –le sugirió Nick–, quizá podamos acercarnos al pueblo para ver al párroco y fijar la fecha de la boda.

–¿Pero tan pronto...? –comenzó a decir Toby, un tanto agresivo.

–¿Hay algún problema? –lo interrogó Nick.

–No –musitó Toby–. Adelante. Simplemente, quizá para mi hermana sea un poco precipitado... Eso es todo.

–Creo que ella tiene tantas ganas como yo de casarse –deslizó el brazo por la rígida cintura de Paige–. De hecho, ya está haciendo planes para el futuro, ¿verdad, querida?

Paige forzó a sus labios a curvarse en algo parecido a una sonrisa.

–Apenas puedo esperar, cariño.

Paige paseaba al lado de Nick en silencio por uno de los caminos que conducían al pueblo. El sol brillaba con fuerza y se oía el zumbido de las abejas y ronroneo distante de un tractor. Era un paisaje idílico, pero por lo que a Paige le importaba, podría haber estado paseando por el purgatorio.

–Un día perfecto –comentó Nick por fin.

–Es evidente que tenemos ideas muy distintas sobre la perfección –lo cortó ella.

–Probablemente –respondió Nick con idéntica fiereza–. Pero creo que deberíamos enterrar nuestras diferencias hasta el día de la boda, o este rápido romance no va a conseguir engañar a nadie.

–¿Eso es lo que le vamos a decir a la gente? ¿Que ha sido amor a primera vista?

–¿Por qué no? Esas cosas pasan –se interrumpió–. Y siempre es mejor que contar la verdad.

–No entiendo por qué –protestó Paige.

–Piensa –comenzó a tutearla–. La prensa financiera publicará la noticia de la boda, y también mi consiguiente incorporación a la junta directiva de Harrington. Eso es inevitable. Pero el mínimo indicio de que el nuestro es un matrimonio arreglado, lanzaría a todo tipo de prensa sobre nosotros, algo que no nos interesa ni personal ni profesionalmente.

–No, ¿pero de verdad crees que vamos a poder engañar a alguien?

–A nadie mientras persistas en tu actitud. Y tu hermano tampoco –añadió–. Quizá deberías decirle que es un poco tarde para jugar al hermano protector en lo que a ti concierne.

–Muy bien. Y a cambio, tú podrías dejar las demostraciones públicas de cariño.

–Me temo que eso es algo que viene en el guión. Y además hay personas que no están al corriente de nuestro secreto, como tu cuñada, por ejemplo, que espera ese tipo de cosas.

–Sí, supongo que sí –Paige sacudió la cabeza desesperada–. Dios mío, la situación es cada vez peor.

Nick se detuvo bruscamente. Antes de que Paige pudiera hacer nada para evitarlo, la agarró por los hombros y la hizo volverse hacia él.

–Todavía no es demasiado tarde –le advirtió con dureza–. No tienes que casarte conmigo si todo esto te parece tan repelente.

–¿Y qué me dices de ti? –se sacudió para liberarse de sus manos–. ¿Estarías dispuesto a seguir concediéndole un préstamo a Harrington y a renunciar a ocupar un puesto en la junta directiva?

–¿Y darle un cheque en blanco a Toby? –le preguntó fríamente–. Ni lo sueños, cariño. Me gusta ver adónde va mi dinero.

Paige clavó la mirada en el suelo.

–He dado mi palabra –dijo por fin–. No puedo dar marcha atrás, por mucho que desee hacerlo.

–Una virgen sacrificada en el altar familiar –se burló Nick–. Qué gesto tan increíblemente noble. ¿O debería decir qué asombrosamente corrupto?

–¿Cómo te atreves a decirme eso? –lo interpeló Paige con la voz atragantada.

Su mano voló hacia su rostro, pero Nick la detuvo. Le rodeó la muñeca con sus dedos implacables y tiró de ella hacia él.

Por un instante, Paige perdió el equilibrio y sintió que los brazos de Nick la rodeaban si ninguna delicadeza.

–En una ocasión me ofreciste diez dólares por un beso, querida. Pues bien, en esta ocasión no te va a costar nada.

Asustada, Paige posó las manos en su pecho, intentando apartarlo, pero era demasiado tarde para eso. Al segundo siguiente, Nick ya estaba posando la boca sobre sus labios. Fue un beso lento, calculado incluso, en el que no faltaron la furia y la insolencia.

La estaba castigando y Paige lo sabía, pero eso no

la hacía sentirse menos indefensa en el férreo círculo de sus brazos.

Gimió a modo de protesta e intentó volverse desesperadamente, pero Nick tomó su rostro con las manos, sosteniéndola frente a él mientras la instaba a abrir los labios para poder saborear la dulzura del interior de su boca con la lengua.

De pronto, Paige se sintió abrumada por una intensidad vertiginosa que la lanzaba con aquel beso hacia nuevas dimensiones.

Su boca la abrasaba como el sol. La fragancia de la hierba, de la tierra y las hojas encontraba eco en el aroma de su beso.

Se sentía cautiva, sujeta a una fuerza primitiva que hasta entonces nunca había experimentado y que iba mucho más allá de la razón o el entendimiento. Le bastaba cerrar los ojos para que todo girara fuera de control. Estaba mareada, estremecida, apenas podía respirar y era ajena a todo salvo al clamoroso aturdimiento de sus sentidos.

Y de pronto todo terminó. Abrió los ojos y descubrió aturdida que Nick había retrocedido y la estaba mirando con los ojos entrecerrados.

–Vaya, vaya. Parece que no has tenido suficiente –y comenzó a reír a carcajadas.

Aquellas palabras fueron para Paige como un jarro de agua fría.

–Tú, cerdo canalla, ¿por un minuto has pensado que te dejaría...?

–Desgraciadamente, nunca lo sabremos. Pero por lo menos has dejado de parecer una mártir, con lo cual podrás convencer al párroco de nuestra sinceridad. ¿Vamos?

Paige quería maldecirlo. Decirle que no daría un solo paso más a su lado. Pero en cambio le respondió con voz ronca:

–Pero quiero que me prometas que después de esto me dejarás sola.

–Si eso es lo que quieres.

–Sí, eso es lo que quiero –respondió con fiereza.

–Aunque sospecho –continuó Nick, como si Paige no hubiera dicho nada– que ni siquiera sabes lo que quieres. Aunque eso, mi querida esposa, es problema tuyo, no mío.

El reverendo Wiship se mostró sorprendido, pero estuvo de acuerdo en celebrar la ceremonia en cuanto consiguieran la licencia especial.

–Aunque yo preferiría esperar el tiempo suficiente para hacer las amonestaciones. ¿No podríais considerar...?

–Preferiríamos no tener que esperar –lo interrumpió Nick precipitadamente–. ¿Verdad, querida?

Paige bajó la mirada.

–Sí, cuanto antes mejor.

–Ah –respondió el párroco con tacto. Y allí lo dejó.

–Dios mío –comentó Paige cuando salieron–, ha debido de pensar que estoy embarazada.

–Bueno, ya se dará cuenta de que estamos equivocados cuando vea que no traemos al niño a bautizar.

–Pero él me conoce desde siempre. Odio tener que engañarlo. Me voy a sentir como una hipócrita estando delante de él y fingiendo que quiero casarme cuando en realidad...

Se interrumpió bruscamente.

–Aceptemos que es algo que ninguno de nosotros habría elegido y dejémoslo allí.

–Oh, para ti es fácil –respondió Paige furiosa–. Ni tu vida ni tu reputación se van a echar a perder.

–¿De verdad crees que tú eres la única que va a sacrificarse? Yo también tengo una vida.

–Y no te voy a obligar a cambiarla por mí. Al fin y al cabo, necesitaremos justificar el divorcio.

–¿Me estás diciendo que me das permiso para cometer adulterio? ¿Qué diría el párroco si te oyera ahora? En cualquier caso, olvídalo –añadió precipitadamente–. El matrimonio durará dos años y no daremos ningún motivo de escándalo.

Capítulo 5

PAIGE. ¡Paige! –la voz impaciente de Nick invadió su ensueño, llevándola bruscamente al mundo real–. ¿Me estás oyendo?

Paige pestañeó aturdida mientras se encontraba con la mirada interrogante de Nick.

–Lo siento. Estaba lejos de aquí.

–Me temo que eso es lo que te gustaría. Pero ahora estás aquí y Hilaire ha dicho que nos apretemos los cinturones. Vamos a atravesar una zona de turbulencias.

–Oh –Paige miró con aprensión por la ventanilla y advirtió que el mar no estaba tan tranquilo como antes. El cielo estaba cubierto de nubes–. Parece que nos ha atrapado la tormenta.

–Me temo que oficialmente es un huracán al que han bautizado con el nombre de Minna.

–Dios mío.

–Pero Hilaire dice que solo lo estamos rozando y que pronto llegaremos a Sainte Marie. ¿Estás nerviosa?

–No, en absoluto –negó rápidamente–. Solo un poco sedienta, eso es todo.

–Encontrarás bebidas en la nevera que tienes debajo del asiento. Y no te preocupes. Hilaire sabe lo que hace.

–Sí, gracias.

Abrió una botella de agua mineral e intentó reprimir un grito de alarma cuando el avión pegó una sacudida.

–¿Estás segura de que estás bien? –insistió Nick, observándola con atención.

–Perfectamente –bebió un poco más de agua–. Al fin y al cabo, son solo turbulencias –añadió fingiendo despreocupación.

Además, ningún huracán podía compararse con la tormenta emocional que bullía en su interior, pensó desconsolada.

Era increíble lo vívidos que habían sido sus recuerdas. Había revivido cada uno de los momentos dolorosos que había pasado con Nick.

Casi podía sentir el olor de la iglesia mientras observaba a Nick alejándose de ella.

En realidad, el recuerdo de Nick alejándose sería siempre uno de los más potentes, se dijo, tensando los dedos casi convulsivamente en el asiento. Porque sus despedidas habían sido lo más frecuente durante aquella breve unión de sus vidas.

Encontrarse con él otra vez había sido algo tan inesperado que había desatado todo aquel torbellino interior. Normalmente, había conseguido mantener sus sentimientos bajo control. Pero el curso de los acontecimientos estaba conspirando contra ella, y volvía a poner todos sus recuerdos en acción.

Una nueva ráfaga de viento alcanzó al avión. Paige cerró los ojos y tomó aire, intentando vencer la sensación de mareo. No podía permitir que Nick se diera cuenta de que estaba asustada.

El agua la ayudó a tranquilizarse mientras el avión batallaba contra el viento en su camino hacia Sainte Marie con una agonizante lentitud. Para cuando Hilaire aterrizó, Paige estaba luchando contra las náuseas y temblando como una hoja.

–Sanos y salvos –comentó Nick mientras cerraba su maletín–. Y puntuales, además.

Bueno, al menos eso debería agradecerlo, pensó

Paige, mientras obligaba a sus temblorosas piernas a obedecerla. No iba a perder su avión, como había temido y pronto, muy pronto, estaría de nuevo en Inglaterra. A salvo.

¿A salvo?, se preguntó inquieta mientras reagrupaba sus pertenencias. ¿Y dónde quedaban los problemas que Nick había insinuado la noche anterior? Paige había pensado en llamar a su casa después del desayuno para saber con exactitud lo que estaba pasando, pero el advenimiento del huracán la había distraído.

Se retrasó deliberadamente, para dejar que Nick llegara a la terminal del aeropuerto antes que ella y, con un poco de suerte, se perdiera entre la multitud. El viento la sacudía mientras cruzaba la pista de asfalto y para cuando llegó al vestíbulo principal, estaba sin respiración y casi ensordecida.

La terminal estaba abarrotada de pasajeros, algunos furiosos y otros sentados resignadamente sobre sus maletas.

Paige advirtió destrozada que ninguno de los mostradores de facturación estaba funcionando y se unió a la cola del mostrador de información.

–Lo siento señora –le dijo el empleado–, pero todos los vuelos se han cancelado.

–¿Hasta cuando?

–Hasta que pase el huracán, por supuesto.

–¿Pero qué voy a hacer? –preguntó Paige consternada–. ¿Puedo quedarme aquí?

El empleado negó con la cabeza.

–Dentro de poco cerraremos el aeropuerto –miró de nuevo su billete de avión y frunció el ceño–. Espere un momento, señora. Creo que tengo un mensaje para usted –revisó los papeles que tenía encima de la mesa–. Sí, señorita Harrington, tiene un taxi esperándola para llevarla al Hotel Marie Royale. Allí tiene reservada una habitación.

–¿Una habitación? No lo entiendo, yo no he hecho ninguna reserva.

–Sin embargo existe, señora –le devolvió su billete–. Y le aconsejo que tome ese taxi rápidamente. Dentro de poco no habrá más vuelos y el trayecto hasta la ciudad es largo.

El taxista la estaba esperando impaciente y se pasó gruñendo la mayor parte del viaje.

Cuando llegaron al hotel, casi le arrancó el billete de la mano y se marchó con un fuerte rechinar de neumáticos.

El vestíbulo estaba abarrotado de gente y la cola hasta el mostrador parecía interminable. Paige tuvo tiempo de sobra para mirar a su alrededor, pero no vio a Nick por ninguna parte.

Probablemente habría vuelto a Inglaterra, pensó. Andando sobre el agua.

Todavía le costaba creer que le hubieran reservado allí una habitación. Delante de ella, la gente se volvía del mostrador con expresión resignada o desilusionada.

–Un colchón en el mostrador –le comentó una mujer a su marido–. Supongo que es mejor que nada.

Cuando Paige llegó al mostrador, dijo:

–Creo que tienen una habitación para mí. Me llamo Paige Harrington.

Casi esperaba que le respondieran con una sonrisa o le ofrecieran otro colchón, pero el empleado le dirigió una rápida mirada y se volvió hacia la pantalla de su ordenador.

–Sí, señora –llamó al botones–. Lleva el equipaje de esta señora a la habitación 105.

Paige oyó murmullos de descontento tras ella.

–No lo comprendo –le dijo Paige–. No he hecho ninguna reserva.

–Hemos recibido una llamada de teléfono desde St.

Antoine a primera hora de la mañana, señora –le tendió una llave.

«Brad», pensó Paige agradecida mientras seguía al botones hasta el ascensor. Probablemente se había imaginado lo que la esperaba y había querido asegurarse de que tuviera un lugar para dormir.

Sin duda alguna, era un hombre especial, reconoció con un suspiro.

La habitación estaba en completa oscuridad y por un momento, se quedó vacilante en la entrada. Cuando el botones encendió la luz y vio las contraventanas cerradas comprendió por qué.

Evidentemente, en el hotel Marie Royale estaban acostumbrados a las inclemencias del tiempo.

Pero era una habitación preciosa, con las paredes pintadas de color azul claro y una enorme cama con una colcha de lino blanco.

El botones le mostró el baño y los armarios y le dijo que, aunque el comedor estaba siendo utilizado como dormitorio, se iba a servir un bufé frío.

En cuanto el chico se fue, Paige apagó la luz principal y encendió una de las lámparas de la mesilla.

Se sentó al borde de la cama y se quitó las sandalias con un suspiro. Sabía que debería quitarse el traje de lino y colgarlo antes de que se llenara de arrugas, pero no tenía fuerzas. El estómago todavía no se le había asentado después de la pesadilla del vuelo.

Lo último que le apetecía era un bufé frío, pensó. De hecho, si tuviera oportunidad, probablemente no volvería a comer en su vida. Tampoco le apetecía abandonar la privacidad de su habitación y reunirse a la multitud del piso de abajo.

Pero no era el viaje el que la había dejado en aquel estado, pensó mientras se tumbaba en la cama. Ni la perspectiva de quedarse allí atrapada hasta que se alejara el huracán.

Aunque el vuelo hubiera sido suave como la seda, habría bastado con la presencia de Nick para trastornarlo todo.

Durante todos aquellos meses, había conseguido evitarlo, si no mentalmente, por lo menos físicamente, pensó con tristeza, maldiciendo la coincidencia que los había unido.

Cerró los ojos. La falta de sueño de la noche anterior le iba a sentar bien. Quizá una siesta la ayudara a tranquilizarse.

Una ráfaga de viento golpeó las contraventanas, haciéndola estremecerse. Si aquello era el límite del huracán, pensó, ¿qué sería encontrarse atrapada en medio?

Aunque ella era la más indicada para saberlo, porque era una situación que la había estado persiguiendo durante toda su vida. Siempre entre la espada y la pared.

La espada era Nick, por supuesto. Y la pared Harrington Holdings.

Al mirar atrás, comprendía que con lo precipitado de los preparativos de la boda apenas había tenido tiempo de pensar o cuestionarse lo que estaba haciendo. Pero la sensación de alivio que Toby y su padre desprendían era casi tangible, de modo que suponía que estaba haciendo algo bueno.

Afortunadamente, tampoco había tenido tiempo para cumplir con el habitual boato de una boda, aunque el ama de llaves había insistido en hacer la tarta.

Nada invitaba a Paige a vestirse de blanco, así que había buscando en las tiendas de la localidad hasta encontrar un vestido sencillo color amarillo pálido que completaba con una chaqueta de gasa con rayas amarillo pálido, crema y plata, que flotaba alrededor del vestido como si estuviera hecha de jirones de niebla.

Pocos días antes de la boca, la llamó por teléfono

una joven que se presentó como Gina Norton, la ayudante personal de Nick, para preguntarle si tenía el pasaporte en orden.

–Sí, por supuesto. ¿Por qué quiere saberlo?

–Nick me ha pedido que lo compruebe –contestó Gina riendo–. Supongo que piensa llevarla al extranjero de luna de miel.

–¿De luna de miel? No, no es posible –inmediatamente se interrumpió, consciente de que aquel era un terreno peligroso.

–Es lo normal, señorita Harrington –Gina Norton parecía sorprendida y Paige rectificó con rapidez.

–Pensé que no habría tenido tiempo de organizar nada. Sé lo ocupado que está Nick.

–Oh, Nick está dispuesto a sacar algo de tiempo para la luna de miel. ¿Qué hombre no lo haría?

Paige se mordió el labio.

–Sí, claro. ¿Y tiene idea de adónde vamos a ir?

–Me temo que no. Creo que quiere darle una sorpresa.

Y lo había conseguido, pensó Paige mientras colgaba el teléfono. Aquello formaba parte de la farsa, por supuesto, pero quizá Nick estuviera llevando las cosas demasiado lejos.

El mismo día de la boda, Paige era presa de una curiosa sensación de irrealidad. Si la iglesia hubiera estado llena, pensó mientras comenzaba a sonar la marcha nupcial y caminaba por el pasillo del brazo de su padre, dudaba que hubiera sido capaz de seguir adelante. Pero afortunadamente, solo había un puñado de personas a las que enfrentarse.

Y una de ellas, por supuesto, era Nick.

Lo vio abandonar uno de los bancos de la iglesia para salir a esperarla a los escalones que precedían el altar, alto y atlético, con uno de sus elegantes trajes oscuros. Y por un momento el tiempo dio marcha atrás y se descubrió recordando con vertiginoso detalle los breves momentos que había pasado en sus brazos. Volvió a experimentar otra vez la presión de su boca sobre la suya, la cálida y almizcleña invasión de su lengua y la fuerza de su cuerpo contra el suyo.

Y sobre todo, su repentina y vergonzosa excitación.

Tropezó un instante, y fue consciente de la mirada de preocupación que le dirigió su padre. Mientras intentaba recuperar el equilibrio, se dio cuenta de que Nick también la estaba observando, que tenía la mirada fija en cada uno de los pasos que daba hacia él, con una expresión indescifrable. Era como si estuviera controlando sus movimientos, asegurándose de que no iba a dar marcha atrás.

Pero había pasado el momento de arrepentirse. Había adquirido un compromiso e iba a cumplirlo costara lo que costara.

Cuando llegó al lado de Nick, le pasó el ramo de flores a Denise.

Deberían haber celebrado una ceremonia civil, pensó Paige, sintiéndose culpable. Los votos matrimoniales eran demasiado solemnes, demasiado importantes para hacer lo que estaban haciendo. ¿Por qué habría insistido Nick en que se casaran por la iglesia?

Sintió la mano fuerte y fría de Nick tomando la suya. La alianza que Nick había elegido era de oro y lisa. Paige la sintió como un objeto extraño en su dedo; la miró preguntándose si se habría acostumbrado a ella antes de que su matrimonio terminara.

Agradeció en silencio que el reverendo Winship fuera un hombre chapado a la antigua y no exhortara a Nick a besar a la novia.

Mientras volvían los dos por el pasillo, Paige fue consciente de la mirada crítica de una mujer mayor que estaba sentada en el segundo banco. Llevaba un traje de seda gris. Cuando pasaron a su lado, inclinó levemente la cabeza, pero no sonrió.

Debía de ser la abuela de Nick, pensó Paige, con un ligero escalofrío. Una persona más a la que engañar... y algo le decía que aquello no iba a ser fácil.

En el coche, se descubrió a sí misma arrimándose a una esquina y jugueteando nerviosa con los lazos del ramo.

–Relájate –le aconsejó Nick sardónico–. No voy a abalanzarme sobre ti habiendo tanto público delante.

–Me alegro, pero no siempre va a haber público.

–Eso es cierto –le dijo suavemente–, de modo que tendrás que confiar en mí.

–No es fácil cuando te dedicas a sorprenderme con cosas como la luna de miel.

–Es lo que suelen hacer todos los recién casados –se interrumpió–. En cualquier caso, pensé que probablemente te apetecía tener unos días de descanso.

–Quizá, pero no contigo.

–Me temo que yo soy parte del viaje –no parecía ni remotamente arrepentido–. No podemos hacer nada que pueda alertar de que esto no es un matrimonio convencional.

–Pero no puedes obligarme a ir contigo.

–Será mejor que no empecemos a discutir sobre lo que puedes hacer o no. Tal como están las cosas, supongo que tu familia prefiere que seas dócil.

–Creo que ya lo he sido –le mostró la mano en la que llevaba la alianza–. Y esta es la prueba. Pero permitir que controles mi vida es otra cosa.

–¿Pero qué demonios pensabas? ¿Que iba a despedirme de ti nada más salir de la iglesia? Sé realista, por favor.

–Nada de esto es realista. Nada. Y empiezo a dudar que sea capaz de llevarlo adelante.

–Durante los próximos días, tendrás muchas oportunidades para practicar –respondió Nick arrastrando las palabras–. Cuando regresemos de la luna de miel, tendrás que hacer insinuaciones que hagan pensar a los demás que las cosas no han ido demasiado bien. Podrás empezar a preparar a tus conocidos para el próximo divorcio. Al fin y al cabo, no seremos la primera pareja que se casa precipitadamente y se divorcia a la misma velocidad.

–Sí, supongo que sí. Pero desde luego, no es esta la forma en la que había imaginado mi vida de casada.

–Bueno, no te tomes todo esto muy en serio. Piensa simplemente en que la próxima vez será mucho mejor.

–Antes tendré que sobrevivir a este matrimonio –se interrumpió–. Presumo que tu abuela no sabe la verdad. ¿Qué demonios le has dicho?

–Bueno, que es amor a primera vista, querida, ¿qué otra cosa podía decirle? Y que no podíamos esperar a estar juntos ni un segundo más.

–¿Y se lo ha creído?

–Quién sabe. A mi abuela siempre le gusta reservarse su opinión. En cualquier caso, nos ha ofrecido su casa para pasar la luna de miel. Ella va a quedarse en Londres para visitar a algunos de sus amigos.

–Oh... –musitó Paige. Si tenía que pasar unos días con Nick, prefería haberlo hecho en un hotel, pensó. Le parecía casi una traición que se hubiera aprovechado de la hospitalidad de su madre.

–No te preocupes –dijo Nick suavemente–. Es una casa grande. Con un poco de cuidado, podremos evitarnos el uno al otro durante todo el tiempo que estemos allí.

–Nunca es demasiado pronto para empezar.

Después del brindis y el reparto de la tarta, Paige tuvo tiempo de agradecerle a la abuela de Nick que les hubiera prestado la casa.

–Espero que no haya tenido que irse para dejarnos la casa.

–No, todos los años paso unos días en Londres. Me gusta ir de tiendas y al teatro –se interrumpió con los ojos fijos en Paige–. Yo también tengo que darte las gracias, *mon enfant*.

–No la comprendo.

–Es muy sencillo. Llevo mucho tiempo diciéndole a mi nieto que ya era hora de que se casara, pero siempre ponía alguna excusa. Sin embargo, lo único que necesitaba era esperar a que apareciera la mujer de sus sueños y, *voilà*, ha cambiado su vida a toda velocidad. No sabía que fuera capaz de tal ardor. Felicidades.

Paige solo podía esperar que la anciana atribuyera su rubor a la timidez de una recién casada, y no a su sensación de culpabilidad.

Paige preparó la maleta con ropa principalmente informal: pantalones cortos, camisetas y un par de vestidos para la noche. La abuela de Nick le había dicho que la casa no estaba lejos del mar, de modo que metió también un traje de baño y calzado plano con el que poder explorar los alrededores.

Cualquier excusa valdría para alejarse de la casa, pensó.

Porque, a pesar de todas las garantías que Nick le había dado, el hecho era que iba a pasar toda una semana con un hombre que era un completo desconocido para ella. Y recordarse que la situación era idéntica para él no la consolaba en absoluto.

Ni siquiera sabía si eso era verdad. Nick parecía ser capaz de predecir sus reacciones y respuestas con una precisión irritante. Cuando estaba con él, tenía la sensación de que estaba equivocándose constantemente, lo que no la hacía sentirse precisamente cómoda en su compañía.

¿Pero qué demonios? La única compañía que realmente debía preocuparla era Harrington. Esa era la razón por la que se había involucrado en aquel lío: salvaguardar el futuro de la empresa. Y seguro que el sacrificio merecía la pena.

Tumbada en la semioscuridad de la habitación del hotel, escuchando el sonido del viento, Paige se descubrió a sí misma cruzando los dedos en un gesto supersticioso. Pronto... muy pronto, el huracán se alejaría y podría volver a Inglaterra sana y salva.

Y una vez estuviera de vuelta en su casa, podría comenzar a ver las cosas racionalmente. Y cada día que pasara sería un paso hacia la libertad.

Además, en Inglaterra le resultaría más fácil evitar a Nick. Al fin y al cabo, había conseguido mantenerse fuera de su camino durante todos los meses anteriores. Y lo que tenía que hacer era sacarlo también de sus pensamientos.

Y eso sería lo que haría. Dejar de pensar en él. Eliminarlo lenta y deliberadamente de su mente. Cerrar la puerta a los recuerdos y tirar para siempre la llave.

Esa era su forma de enfrentarse a lo que había pasado entre ellos.

Cerró los ojos y dejó que su mente pensara en Jack y en Ángela y su felicidad. En el aura de plenitud que los rodeaba. Así era como deberían ser las cosas.

Y cómo probablemente serían cuando apareciera alguien en su vida.

Continuó mirando hacia atrás, intentando revivir otra época en la que fue del todo feliz.

Pero en aquel momento su ritual mágico no funcionó. Había demasiados obstáculos en el camino. Y estaba realmente agotada.

* * *

Se despertó despacio y permaneció tumbada en la cama, preguntándose qué la habría despertado después de solo... ¿cuánto? Miró el reloj. Un par de horas.

Notó de pronto que el viento había cedido, pero la lluvia caía con tanta fuerza que sonaba como si estuviera lloviendo en el interior de la habitación.

Miró hacia arriba, esperando casi ver la lluvia filtrándose por el techo. Pero estaba completamente seco.

Sin embargo, el sonido del agua corriendo era más intenso que nunca, pensó, incorporándose sobre un codo. Miró alrededor de la habitación y vio que la puerta del baño estaba abierta y las luces encendidas.

Era extraño; ella habría jurado que la había cerrado y había apagado las luces.

«Oh, qué importa», pensó con impaciencia. Apenas se acordaba de lo que había hecho antes de dormirse. Y la cuestión era que seguía oyendo el agua correr. Así que tendría que averiguar de dónde por qué.

Se levantó de la cama, fue descalza hacia el baño y dio un paso cautelosamente al interior.

Justo cuando acababa de entrar, cesó el sonido del agua. Se abrió la mampara de la ducha y salió Nick, con el pelo empapado y la humedad haciendo resplandecer su piel desnuda mientras alargaba el brazo para tomar la toalla.

Paige se oyó gritar a sí misma. Fue un sonido ronco que intentó en vano amortiguar con sus manos temblorosas.

Nick la miró arqueando las cejas con expresión interrogante, mientras asimilaba su presencia. Tomó la toalla, pero no intentó cubrirse, tal como ella esperaba. Al contrario, comenzó a secarse como si estuviera completamente solo.

–¿Cómo has llegado aquí? ¿Y qué demonios crees que estás haciendo? –se oyó decir con una voz que apenas reconocía.

–He entrado con mi llave y creo que es obvio lo que estoy haciendo. No pretendía despertarte; lo siento, pero quería darme una ducha antes de que cortaran el agua.

–¿Una llave? ¿Tienes llave de esta habitación?

–Por supuesto. Así es como funcionan estas cosas. Alquilas una habitación y te dan una llave –se colocó una toalla alrededor de las caderas y se frotó el pelo con otra toalla seca.

–Pero esta es mi habitación...

–Te equivocas, querida. Esta es nuestra habitación. La he alquilado yo para nosotros dos –esbozó una sonrisa burlona–. Esperaba que me felicitaras por haber sido tan previsor. Era la última que quedaba.

–¿Ha sido tú? –de pronto se sentía viviendo una nueva pesadilla–. En ese caso, puedes quedártela para ti solo. Yo me voy al piso de abajo.

–Yo no me arriesgaría. El hotel está llenándose de personas de todo tipo y las cosas pueden ponerse muy feas.

–Comparado con lo que tengo aquí, casi suena apetecible.

Nick sonrió de oreja a oreja.

–Vas a quedarte en esta habitación y también yo, querida. En caso contrario, podría obligarte a quedarte encerrada con llave. Y estoy seguro de que no te gustaría –se interrumpió–. ¿Lo he dejado suficientemente claro, mi querida esposa?

El silencio que se hizo entre ellos parecía interminable. Hasta que la propia Paige se oyó decir a sí misma:

–Sí.

Capítulo 6

UNA SABIA decisión –aplaudió Nick.

Paige se mordió el labio con fuerza. Todo en Nick era un auténtico tormento. Desde la débil ronquera de su voz hasta la piel bronceada que exhibía sin ningún pudor. La naturaleza parecía haberlo diseñado especialmente para crispar sus nervios.

–Todavía no estoy muy convencida –contestó con voz glacial–. Y hasta que lo haga, quizá pudieras hacerme el favor de ponerte algo de ropa encima.

–¿A qué viene tanta mojigatería? Al fin y al cabo, ya me has visto desnudo, ¿o es que lo has olvidado?

No, quería gritar Paige, no había olvidado absolutamente nada de lo que había ocurrido aquella noche. En su memoria permanecían cada uno de los detalles, como si los hubiera grabado con fuego. Pero contestó:

–No, pero no es un recuerdo que me guste.

–Lo siento. Intentaré evitar ofenderte durante el tiempo que permanezcamos juntos –la miró con atención–. Tú, sin embargo, pareces estar exageradamente vestida. Sospecho que este va a ser un día muy caluroso, así que te sugiero que te relajes y te pongas algo más fresco, por tu propio bien. Pero sobre todo, relájate.

–Esta es una situación enervante. No me resultará fácil relajarme.

–Esta situación será lo que ambos queramos que sea –respondió Nick–. Y no creo que tu actitud ayude mucho.

–¿Mi actitud? Dios mío, irrumpes en mi habitación cuando estoy durmiendo, te paseas por ella completamente desnudo, ¿y se supone que tengo que limitarme a aceptarlo?

–Preferiría que intentaras disfrutarlo –respondió Nick con expresión divertida–, pero me conformaría con que lo aceptaras. En cualquier caso, me vestiré y te dejaré la habitación para ti sola durante un rato. Te recomiendo que te duches cuanto antes, por si acaso cortan el agua, algo bastante probable. Además te ayudará a tranquilizarte, porque con este tiempo, la habitación parece más pequeña con cada segundo que pasa, y me temo que vamos a tener que pasar aquí bastante tiempo.

Paige levantó la barbilla.

–¿Me estás sugiriendo una tregua?

–Es lo mejor que puedo ofrecerte. Pero tú y yo tendremos que hablar en algún momento.

Las alarmas de Paige se pusieron inmediatamente en funcionamiento.

–Creo que ambos tenemos muy buenos abogados para eso.

–Pero yo prefiero el contacto directo. Así que tendrás que armarte de valor, amor mío.

–Ahórrame las expresiones de cariño si quieres que la tregua funcione.

–Oh, claro que quiero –dijo Nick suavemente–. Y creo que es lo que más te conviene, créeme.

Nick se acercó a su maletín y sacó unos pantalones cortos de color azul claro y una camisa blanca.

–Espero que te parezca ropa suficiente para ahorrarte sonrojos –musitó mientras volvía hacia el baño.

Paige no contestó. Cuando se cerró la puerta del baño, se dejó caer en el borde de la cama y se aferró convulsivamente a la colcha, intentando en vano que las manos dejaran de temblarle.

Aquello era una pesadilla, pensó, y ni siquiera tenía el consuelo de saber que iba a despertar. Se sentía como si le hubieran tendido una trampa y hubiera caído directamente en ella.

Debería habérselo imaginado, pensó amargamente. Desde el momento en el que lo había visto en el Waterfront Club debería haberse dado cuenta de que no iba a poder salir indemne.

Una brusca llamada a la puerta la hizo levantarse de un salto. Quizá fuera alguien para decirle que había habido un error y que había otra habitación para ella.

Pero al abrir la puerta, lo único que se encontró fue a un camarero empujando el carrito del servicio de habitaciones.

–¿Señora Destry? –le tendió la cuenta–. Firme, por favor.

Por un momento, Paige se quedó mirándolo desconcertada al oír que la llamaban por su nombre de casada.

–Yo no he pedido nada...

–No, señora. Lo ha pedido su marido.

Su marido, pensó Paige mientras firmaba. Fue a buscar su bolso para darle al camarero una propina, pero cuando volvió a la puerta, ya se había ido.

Paige comenzó a levantar las tapaderas de los distintos platos. Sándwiches de pollo, ensalada de arroz con gambas y tartaletas que, sabía por experiencia, aderezaban con un picante chile.

Había además piña, café y, por alguna razón que no acertaba a adivinar, hielo, champán y un puñado de velas.

–Ah, la comida –Nick salió del baño a grandes zancadas–. Con el caos que hay abajo, me preguntaba si serían capaces de prepararnos algo de comer.

Se había dejado desabrochado el último botón de la camisa y el pálido material contrastaba con su piel bronceada. Desprendía un aura de fría limpieza que era casi tangible y completamente masculina.

Aunque en realidad, llevara lo que llevara, pensó Paige, era absurdo negar la atracción que Nick despertaba en ella. Le señaló el carrito.

–¿Qué es todo esto?

–Comida racionada.

–Me refería al champán y a las velas.

–He pensado que necesitabas un poco de animación después de los rigores de las últimas horas. El champán es el mejor revitalizador que conozco... al menos en estado líquido. Y las velas son para cuando se apague la luz –sonrió–. ¿O pensabas que había planificado una romántica noche a la luz de las velas? Es medio día, ya sabes. Y las cenas suelen funcionar mejor por las noches.

Ligeramente sonrojada, Paige intentó desviar el tema:

–¿Crees que se irá la luz?

–Es muy probable.

–Este lugar no parece muy seguro –comentó Paige, mirando con aprensión hacia las contraventanas, que el viento empujaba con renovadas fuerzas contra los cristales.

–¿Tienes miedo de que el viento termine volando el hotel? No lo tengas. Ha aguantado huracanes mucho peores. Ese es el motivo por el que mucha gente lo utiliza como refugio –le sonrió con más delicadeza–. No corres ningún peligro, Paige; es más fácil que mueras de aburrimiento que por culpa del viento. Te lo prometo.

–Sí. Supongo que tienes razón. Creo que voy a ducharme mientras dure el agua.

Se acercó a la maleta y sacó un par de pantalones blancos y una camiseta de color verde jade. Vio que Nick se tumbaba en la cama y se concentraba casi al instante en un libro.

–Por favor, siéntete como en casa –comentó Paige con voz glacial al pasar por delante de él para meterse en el baño.

–Gracias –contestó Nick sin alzar la mirada–, e igualmente.

Era una forma nada sutil de recordarle que era él el que pagaba la cuenta de la habitación, comprendió furiosa.

En el baño descubrió, para su más absoluto horror, que el pestillo estaba roto.

Nick podía habérselo comentado, se dijo. Pero, obviamente, él no se preocupaba por ese tipo de nimiedades. Quizá ni lo hubiera notado.

Sin embargo, la indiferencia de Nick no aliviaba ninguna de sus preocupaciones inmediatas, pensó mientras se desnudaba. Ni tampoco le servían de nada sus intentos de tranquilizarla. Porque ella sabía que el peligro real no tenía nada que ver con el clima y estaba a solo unos metros de ella, tras una puerta que no podía cerrar con cerrojo.

Aquella era la primera vez que estaban solos desde su desastrosa luna de miel, advirtió mientras se metía bajo la ducha. Y ella había jurado que aquella situación no volvería a repetirse otra vez. Que no volvería a correr nunca aquel riesgo.

Y, sin embargo, allí estaba. Y aunque sabía que no era por culpa suya, eso no le proporcionaba ningún consuelo.

Solía decirse que el tiempo lo curaba todo, pero el dolor de sus recuerdos todavía continuaba allí, bajo la superficie, desgarrándole las entrañas.

Los ojos se le llenaron de lágrimas y alzó la cabeza para que el agua borrara las pruebas de su tristeza.

Porque la suya era una herida secreta, pensó. Y tenía que esconderla de Nick como fuera. ¿Acaso no era esa la razón por la que lo había estado evitando durante aquellos largos meses?

Abrió la puerta de la mampara de la ducha. Había un espejo justo en la pared contraria. Permaneció muy quieta, observándose. Contemplando su cuerpo. No solo estaba delgada, estaba esquelética. Se marcaban los huesos de la base del cuello, el estómago era prácticamente cóncavo y tenía unas caderas afiladas y sin gracia alguna.

Aquel era el cuerpo que Nick había visto... y había rechazado.

Paige Harrington, una mujer no deseada.

La angustia le cerró la garganta justo en el momento en el que las luces comenzaban a parpadear para dejarla completamente a oscuras unos segundos después.

Paige sabía que podía ocurrir, pero aun así fue incapaz de ahogar un grito instintivo de alarma. Se quedó completamente paralizada, temiendo resbalar en las baldosas húmedas y hacerse daño. Oyó de pronto que la puerta se abría y la voz de Nick diciéndole:

–Paige... ¿estás bien?

–Sí –contestó con voz temblorosa–... Qué situación tan estúpida. No me atrevo a moverme.

–Espera un momento. Voy a encender una vela.

–¡No! –exclamó involuntariamente–. No, no puedes...

–Bueno, necesitas salir de allí. ¿Todavía estás dentro de la ducha?

–Sí –se aferraba con tanta fuerza al borde de la mampara que los dedos le dolían.

–Entonces dame la mano y te ayudaré a salir.

Paige tragó saliva.

–Preferiría esperar. Quizá solo sea algo temporal.

–No seas tonta, no puedes quedarte ahí temblando de frío.

Paige fue consciente de que algo se movía. Alargó la mano y sintió el calor de la piel de Nick bajo su camisa. Amenazadoramente cerca.

–Buena chica –Nick capturó sus dedos antes de que Paige pudiera apartarlos. Estremecida, sintió que le tocaba el brazo y después el hombro–. Ahora creo que esta será la forma más fácil, pero por el amor de Dios, no te resistas porque estás empapada.

Antes de que Paige pudiera pronunciar una sola palabra de protesta, Nick estaba colocando las manos en su cintura y alzándola para sacarla de la ducha.

Y Paige no podía hacer absolutamente nada para evitarlo.

La esencia de Nick inundaba su nariz y su boca. El calor de su cuerpo parecía penetrarla hasta los huesos. En lo más profundo de ella, sentía la llegada de aquel dulce y tembloroso anhelo que creía haber borrado para siempre.

Aunque no tardó más de unos segundos, tuvo la sensación de que pasaban horas hasta que volvió a encontrar bajo sus pies el frío suelo del baño.

Tomó aire, y dijo con un hilo de voz:

–En realidad... no hacía falta que me ayudaras.

–Bueno, en eso discrepo. ¿No me dijiste en una ocasión que odiabas la oscuridad.

–Sí –admitió, sorprendida de que lo recordara–. Pero aun así...

–Estabas empezando a ponerte histérica, así que era necesaria una acción inmediata. Ya encontraré tu ropa más tarde. Mientras tanto, ponte esto.

Paige sintió la suavidad de un tejido alrededor de los hombros.

–¿Qué es esto?

–Una bata. Y antes de que lo preguntes, es del hotel, no es mía. Lo digo por si acaso tienes miedo de contaminarte.

–Gracias –Paige metió los brazos por las mangas y se ató el cinturón–. Me haces sentirme ingrata –continuó muy tensa–, y no pretendo serlo. Estoy... estoy segura de que tienes buenas intenciones.

–Quizá –respondió él–. O quizá solo quería averiguar si tu piel sigue siendo tan suave y sedosa...

Paige ya no tenía frío. Estaba ardiendo de vergüenza, indignación y una mezcla de sentimientos que no se atrevía a analizar.

Entreabrió los labios con intención de hacer algún comentario que pudiera herir a Nick durante el resto de su vida. Pero no acudían las palabras adecuadas a su boca.

–Eres despreciable –fue lo único que supo decir.

–No, querida. Soy un oportunista. Ese es el secreto de mi éxito. Y ahora, estés o no preparada, voy a encender las velas.

Paige permaneció donde estaba, con los brazos cruzados a la defensiva. Nick utilizó unos platitos del carrito como candelabro, fundiendo antes la cera de la superficie para proporcionar a las velas una sujeción firme. Colocó una vela en cada mesilla de noche, otra en la cómoda y la cuarta en el mismo carrito.

–Ya está. El ambiente perfecto para disfrutar de una comida y una agradable conversación familiar.

Paige habría sentido un placer infinito diciéndole que no tenía apetito y lo que podía hacer con su comida, pero habría sido una amarga victoria porque habría terminado viéndolo comer mientras ella se moría de hambre.

De modo que se sentó en la silla que Nick le señaló y aceptó la servilleta que le tendía. Nick abrió con destreza la botella de champán y sirvió un par de copas.

–Hagamos un brindis.

–Si realmente es necesario brindar, yo lo haría por el poco tiempo de matrimonio que nos queda.

–Hablas como si fuera a desaparecer de pronto de tu vida. Pero casados o divorciados, continuaremos teniendo una relación profesional.

–Solo mientras continúes en la junta de Harrington.

–¿Estás planeando un golpe de Estado?

–Simplemente pretendía decir que ahora que las cosas van mejor, no necesitaremos que nos prestes tanta atención. Así que podrás volver... a lo que estuvieras haciendo antes.

–¿Y te gustaría que te contara lo que era?

–No –Paige terminó uno de los sándwiches y comenzó a comer otro.

–¿No crees que una esposa debería interesarse por el trabajo de su marido?

–Quizá, si esto fuera un verdadero matrimonio. Algo que no puede decirse en nuestro caso.

–Eso es cierto. Sin embargo tengo que reconocer que a mí me ha fascinado tu forma de ganarte la vida durante todo este año.

–Gracias. He tenido que aprender muy rápido.

–Y es evidente que eres muy buena alumna.

Su boca parecía haberse endurecido de repente, pensó Paige. ¿O sería el efecto de la luz de las velas?

–No siempre ha sido fácil.

Y no solo por lo escaso de su salario, sino porque durante los últimos doce meses, la publicidad negativa sobre la empresa había sido una amenaza constante.

–Bueno, tendremos que ver qué puede hacer la junta directiva para aliviar tu carga.

Debería haber sido una respuesta comprensiva. Las palabras lo eran de hecho, pero no la ironía de su tono. Había elementos en aquella conversación que Paige no terminaba de comprender. como le había ocurrido durante su discusión en la playa.

Quizá estuviera demasiado nerviosa, se dijo a sí

misma, y su mente le estuviera jugando una mala pasada.

Bebió un sorbo de champán. Seguramente, tenía derecho a ponerse nerviosa en una situación como aquella. Pero al mismo tiempo, era muy importante que Nick la creyera tranquila y con un perfecto control de la situación.

–Estás muy callada.

–No se me da muy bien hablar con desconocidos –le respondió desafiante.

–¿Así es como me ves? Pues sucede que soy parte de tu vida, y continuaré siéndolo durante un previsible futuro. Se me ocurre que quizá deberíamos extender la tregua más allá de los límites de esta situación. Empezar a mirar al futuro, en vez de quedarnos en el presente.

–Creo que de momento solo soy capaz de enfrentarme al presente.

En aquel momento, se oyó el ruido de un cristal haciéndose añicos.

–¿Qué ha sido eso? –preguntó Paige sobresaltada.

–Yo diría que uno de los huéspedes está intentando ahogar sus penas en el olvido. Realmente, creo que estás mucho mejor aquí.

–Claro que lo crees. Pero yo puedo cuidar de mí misma.

Nick inclinó la cabeza con un gesto cortés.

–Bueno, esperemos que no tengas que demostrarlo –le pasó la fuente de las tartaletas–. Y te sugiero que recuperes tus fuerzas, solo por si acaso.

Paige tomó una de las tartaletas, mirándolo atentamente a los ojos.

Comieron y bebieron en silencio durante algunos minutos, hasta que Paige preguntó:

–¿Cuánto tiempo crees que tendremos que estar aquí encerrados?

–¿Por qué, querida? ¿Tan aburrido soy? Intentaré ser más divertido –se reclinó hacia atrás en la silla–. A ver... ¿qué podría sugerir para que las próximas doce horas puedan pasar más rápidamente? –reflexionó.

Ni siquiera miró hacia la cama. No hizo falta que lo hiciera, comprendió Paige con el corazón latiéndole con violencia. La insinuación estaba bastante clara en su tono de voz y en la sensualidad de su boca.

Paige tuvo que resistir el impulso de cerrarse la bata hasta el cuello; no quería que aquel hombre fuera consciente de los estragos que estaba haciendo en sus sentidos. Paige lo miró fríamente.

–Bueno, por favor, no te preocupes por mí. ¿Pero de verdad crees que vamos a tener que estar aquí otras doce horas?

–Al igual que las mujeres, querida, Minna está resultando ser impredecible.

–No creo que sea necesario acudir a argumentos sexistas.

–Probablemente no. Pero disfruto viéndote morder el anzuelo. Espero que no me niegues al menos ese único placer en nuestro matrimonio.

Oh, Dios, pensó Paige. Era tan injusto. Él era el que se había echado atrás. El que había establecido los límites. Y ella tenía la cicatriz que podía demostrarlo: el recuerdo de la más profunda humillación de su vida.

Nick no podía haberlo olvidado. Por eso tampoco iba a recordárselo. Inquieta, empujó su silla y se levantó:

–¿Preparándote para ir a dar un paseo?

–Solo voy a buscar mi ropa.

–¿Por qué? La bata te sienta muy bien.

–Prefiero estar adecuadamente vestida.

–¿Te sientes vulnerable, querida? Esa sí que es una admisión peligrosa.

–En absoluto –consiguió mantener la voz firme–.

Pero como tú mismo has dicho, todavía es medio día y no estoy acostumbrada a andar en bata a estas horas.

–Si te hace sentirte mejor, vístete, claro.

–No sabía que necesitara tu permiso.

–No. Pero supongo que apreciarás mi buena voluntad. Y también mi paciencia.

–¿Eso es una amenaza?

–Digamos que una advertencia amistosa, querida. Estas circunstancias son bastante peculiares, así que te ruego que no me presiones. En cualquier caso, quiero dejar claro que yo no soy el culpable de ellas.

–Supongo que ha sido un triste descuido por tu parte, porque pareces capaz de manipularlo todo.

–Si eso fuera cierto, no habría tenido que esperar la intervención de huracán Minna para poder estar a solas contigo.

–Otra excelente razón para odiarlo.

Y con una tranquilidad que estaba muy lejos de sentir, tomó una de las velas del carrito, la llevó al baño y cerró la puerta tras ella.

Se inclinó contra la pared, con la respiración agitada, mientras luchaba para recuperar el control.

Temblaba ante la posibilidad de que pudiera caérsele la vela. Moviéndose con extremo cuidado, colocó la vela en la estantería que había sobre el lavabo.

Tomó la ropa que había dejado sobre el toallero y se la puso casi frenéticamente.

Estaba horrorizada por su propia reacción. Por su propia estupidez. ¿Es que no había aprendido nada del pasado? ¿Nada en absoluto?

Nick no la deseaba. Esa era la simple verdad, la seguridad a la que tenía que aferrarse. Por razones que ni siquiera acertaba a imaginar, él se complacía jugando con ella. Pero Paige tenía que ponerle freno si no quería tener que enfrentarse a otro de aquellos momentos en los que temía traicionarse.

Probablemente, se dijo Paige, casi con indiferencia, se trataba de una cuestión de orgullo. Debía de irritarlo descubrir que se había casado con una de las pocas mujeres que parecían encontrarlo resistible.

Eso era lo que los había conducido al fiasco de su luna de miel, pensó dolorosamente mientras se cepillaba el pelo: su arrogante necesidad de demostrarse que también ella estaba disponible.

Por otra parte, era una tontería, y podía ser peligroso, continuar aguijoneándolo.

Su primer objetivo era volver a Inglaterra y a la relativa normalidad de la que allí disfrutaba.

Una vez estuviera en su terreno, podría tratar a Nick Destry tal como lo había hecho en el pasado. Y en cuanto se divorciaran, lo sacaría para siempre de su mente y comenzaría a reconstruir su vida.

Lo último que le apetecía en aquel momento era estar en una habitación a solas con Nick, pero aquello era lo que le había ofrecido el destino y tendría que manejar la situación en su propio beneficio. Debía neutralizar aquella forzosa intimidad y reducir el antagonismo que habría entre ellos. Fingir, incluso, que estaban en el mismo bando.

Tomó aire para darse valor y, con absoluta desgana, regresó a la habitación.

Nick continuaba repantigado en la silla. No había tocado la taza de café que tenía a su lado y su mirada estaba fija en algún punto desagradable y distante a juzgar por su ceño fruncido.

Paige tragó saliva.

–Nick –le dijo–. Siento lo que he dicho. No hacía falta ser tan desagradable.

Nick volvió la cabeza lentamente hacia ella.

–Dios mío, ¿a qué se ha debido ese cambio?

Paige intentó sonreír.

–La verdad es que estoy muy asustada por la tormenta. No soy capaz de comportarme de forma correcta. Y creo que... has sido muy considerado al ofrecerme esta habitación y ni siquiera te he dado las gracias.

–No te preocupes por eso –replicó él en un tono completamente inexpresivo–. Ambos tenemos cosas de las que arrepentirnos, aunque no por mucho tiempo.

–Sí –respondió ella rápidamente–. Supongo que esa es una forma sensata de verlo.

–No creo que la sensatez tenga mucho que ver con nuestra relación. Digamos que solo es una especie de seguro.

–Oh, creo que solo volveré a sentirme segura cuando me baje del avión en Heathrow.

–Por supuesto –respondió él con una mueca burlona–. La vuelta al santuario familiar.

–No creo que tenga nada de malo ser leal a la familia.

Nick se encogió de hombros.

–Eso depende de hasta dónde quieras llevar esa lealtad –se levantó–. Odio poner en peligro nuestro incipiente acuerdo, pero creo que deberíamos conservar las velas. No sabemos durante cuánto tiempo las vamos a necesitar –la miró muy serio–. ¿Crees que puedes volver a soportar la oscuridad? ¿No te causará ningún problema?

Paige forzó una risa.

–Claro que no. En cualquier caso, es un miedo infantil y absurdo. Debería haberlo superado ya.

–¿Cómo comenzó?

–No me acuerdo –mintió.

–¿Y nunca has intentado ver a alguien, hacer alguna terapia?

–No... En cualquier caso, ya solo me afecta cuando estoy en lugares desconocidos –sonrió radiante–. Cuando estoy con mi familia no me ocurre nada.

–Y cuando no estás sola.

–Bueno, sí, supongo que sí.

–Entonces no tienes por qué preocuparte, porque estoy aquí y continuaremos juntos mientras dure el huracán –se interrumpió–. Te sugiero que te sientes en la cama. Es mucho más cómoda que estas condenadas sillas y a lo mejor puedes dormir un rato. Es la mejor forma de pasar el tiempo.

–¿Y tú?

–Yo seré caballeroso –respondió–, y me arriesgaré a dislocarme la espalda.

–Pero ni siquiera vas a poder leer.

–No importa. Tengo cosas más serias en las que pensar. Como una nueva inversión que tengo que evaluar antes de volver. No te preocupes, no voy a aburrirme.

–Yo no...

–Y no mientas. Porque se te da muy mal.

Sí, tenía razón. Nunca había sido capaz de mentir.

Se tumbó en la cama y observó cómo iba apagando Nick las velas. Cuando terminó, cerró los ojos mientras él regresaba a la silla.

El rugido del viento no daba señal de menguar. De hecho, parecía más fuerte que nunca, pensó inquieta. ¿Cuánto tiempo tendrían que quedarse allí?

No podría dormir, por supuesto. Sería una tontería. Porque al despertarse se encontraría en medio de la oscuridad. Gritaría y Nick correría a su lado, como había hecho antes. Y también la vez anterior... En aquella ocasión de la que no se quería acordar.

Capítulo 7

AFUERA, parecía haberse desatado el infierno, pero en el interior de la habitación, la calma era absoluta.

Casi podría haber estado sola, pensó. No podía ver a Nick, ni discernir ninguna clase de movimiento, pero sabía que estaba allí, a solo unos metros de distancia, porque todos sus sentidos se lo decían.

Se movió lentamente, evitando llamar su atención, y se acurrucó en el colchón como si quisiera intentar hacerse invisible.

La habitación, al menos, no le resultaba un territorio extraño. Podía describir cada una de las baldosas del suelo, el color de las telas y la forma de los muebles. Unas horas más y probablemente empezaría a grabar su nombre por las paredes. Y a subirse por ellas también.

Debía intentar relajarse, lo sabía. Incluso dormir. Era la única forma de soportar aquellas horas de espera. Pero era demasiado consciente de la cercanía de Nick.

Una presencia silenciosa, concentrada. Nick parecía estar planeando un importante negocio, se dijo a sí misma. Y cuando lo hiciera, algunas vidas cambiarían tal como había cambiado la suya.

Debería, por supuesto, haberse negado a acompañar a Nick a Normandía. Pero entonces, ¿por qué no lo había hecho? ¿Por miedo a una escena inevitable? ¿Temiendo las posibles repercusiones de su negativa?

Quizá, pero si era sincera consigo misma tenía que reconocer que para entonces había otro elemento en la ecuación: el recuerdo de su increíble beso.

La curiosidad, reflexionó. Eso había sido. Y cierta dosis de despecho. Ambos sentimientos muy peligrosos.

Aunque entonces se había dicho que eran las ganas de conocer un lugar en el que hasta entonces nunca había estado.

–Este es un lugar muy tranquilo –le había dicho Nick casi cortante cuando Antoine, el hombre que los había ido a buscar al aeropuerto los había dejado frente a una maravillosa mansión–. He pensado que podría proporcionarnos tranquilidad y espacio más que de sobra. Pero si no la soportas, podemos ir a París.

–Es preciosa. E increíblemente grande.

–Sí, con un poco de suerte podemos pasar toda la semana sin vernos siquiera la cara.

En cuanto abandonaron el coche, una mujer regordeta y sonriente salió a recibirlos.

–Es Hortense, el ama de llaves de mi abuela –le explicó Nick, antes de que Hortense lo envolviera en un enorme abrazo.

Después le tocó a Paige ser evaluada por unos ojos chispeantes.

–Está demasiado delgada. Tendremos que alimentarla bien para que pueda tener bebés fuertes.

Paige, completamente colorada, la siguió al interior de la casa evitando la mirada irónica de Nick.

Pronto descubrió que Hortense, con la ayuda de algunas mujeres de la localidad, mantenía la casa inmaculada y cocinaba toda clase de delicias. Mientras que Antoine, su marido, obraba el mismo milagro con el jardín.

Para alivio de Paige, el ama de llaves no hizo ningún comentario mientras le mostraba el dormitorio principal, con una enorme cama matrimonial que ella iba a ocupar en solitario esplendor, y le enseñaba también el dormitorio adyacente que había preparado para Nick. Pero su silencio fue de lo más elocuente.

En cuanto a lo que Paige concernía, la presencia de Nick al otro lado de la pared era excesivamente cercana, pero no era algo que pudiera decirle a Hortense.

Las pocas prendas que se había llevado parecían perderse en el enorme armario, pero se alegró de haberse llevado el traje de baño cuando Nick le mostró la lujosa piscina en la parte posterior de la casa.

–La cena se servirá a las ocho –le explicó después Nick–. Todos esperan que te reúnas conmigo.

–¿De verdad es necesario? No tengo nada de hambre.

–Y supongo que también tendrás dolor de cabeza, más el cansancio causado por el viaje –sacudió la cabeza–. Olvídalo, Paige. Ocurre que esta es nuestra noche de bodas y Hortense se ha tomado muchas molestias para prepararnos una cena especial. No te voy a pedir que cumplas con ninguna de las otras obligaciones maritales, pero tendrás que hacer el favor de ser al menos educada, ¿ha quedado claro?

–Tan claro como el cristal –respondió Paige y se alejó de él, consciente de los fuertes latidos de su corazón y de las lágrimas que asomaban a sus ojos. Lágrimas de furia, se dijo a sí misma desafiante. No de desilusión.

A pesar de su declarada falta de apetito, Paige encontró imposible resistirse al exquisito guiso de pollo preparado por Hortense, o a los *soufflés* que los siguieron.

Durante la cena hablaron de temas muy generales, sobre los que Paige intervenía casi siempre con monosílabos.

Nick no hizo ningún esfuerzo por retenerla cuando se levantó y musitó alguna incoherencia sobre que quería acostarse pronto.

–Buenas noches, Paige –le dijo con fría educación–. Que duermas bien.

–Gracias.

La puerta que comunicaba las dos habitaciones estaba cerrada, comprobó Paige al subir a su habitación. Pero la llave no estaba a su lado.

Estaba realmente cansada, pero cuando se tumbó en la cama, permaneció tensa y despierta, esperando que apareciera la rendija de luz en la puerta que indicara que también Nick había subido a su habitación.

Pero incluso cuando esa rendija de luz se apagó, pasó más de una hora hasta que se sintió suficientemente segura para dormir.

Se despertó con el sol brillante de la mañana y una bandeja de croissants, mermelada y café servida en la terraza.

Monsieur, le comunicó Hortense, había desayunado temprano, se había ido a Caen y regresaría a la hora del almuerzo.

Así que ella tendría que arreglárselas sola, se dijo. Nick estaba cumpliendo su promesa de mantener las distancias. Lo cual, por supuesto, era lo que ella quería.

Sin embargo, se sentía ligeramente perdida mientras vagaba por la casa intentando familiarizarse con ella. El comedor era demasiado severo para su gusto, pero el salón, con su enorme chimenea le encantó.

Los sofás y las sillas habían sido elegidos buscando más la comodidad que el lujo y a pesar de su tamaño, resultaba cálidamente acogedor.

Al lado de uno de los sillones, había una pequeña mesa redonda. Al acercarse a ella, Paige descubrió que se trataba de una mesa de costura. Bajo el tablero, había una pieza exquisitamente bordada.

Alzó la cabeza al oír un ruido y descubrió a Nick observándola desde el marco de la puerta.

–Oh –Paige tragó saliva y volvió a guardar el bordado–. No sabía que habías vuelto.

–Caen estaba abarrotado de gente y he decidido volver antes para darme un baño en la piscina. ¿Quieres bañarte conmigo?

Paige estuvo a punto de rechazar la invitación, pero se oyó decir a sí misma:

–Sí, me encantaría.

–Estupendo. Entonces nos veremos en la piscina –le dirigió una rápida sonrisa y desapareció.

Paige permaneció muy quieta, consciente de su repentinamente agitada respiración.

Desde luego, no había sido una decisión muy sensata, pensó. Pero siempre podía decirle que había cambiado de opinión. Aunque no quería que Nick tuviera la impresión de que encontraba desagradable su compañía. Necesitaba dejarle claro que su presencia le resultaba indiferente.

Nick ya estaba en la piscina cuando ella llegó con un bañador de una sola pieza, con escote cuadrado. Era la prenda más pequeña que había lucido delante de él, pero en cuanto se zambulló en la piscina, se olvidó de todo, salvo de disfrutar del momento.

Nick nadaba a su lado lentamente, al mismo ritmo que ella. Y, de alguna manera, a Paige le resultaba agradable su presencia.

Cuando por fin llegó al otro extremo de la piscina, Paige recuperó riendo la respiración.

–Es magnífico.

Nick sonrió de oreja a oreja mientras se apartaba el pelo de la frente.

–Pensaba que te encontraría aquí cuando he vuelto. ¿Cómo has sido capaz de resistirte tanto tiempo?

–He disfrutado mucho recorriendo la casa. Es un lugar sorprendente. ¿Tiene muchos años?

–Algunas partes sí. Desde luego, ya existía cuando

Enrique V hizo su memorable visita. Y también sobrevivió a la Revolución y a la última guerra, aunque fue ocupada por los alemanes y posteriormente por los ingleses y los americanos. Deberías pedirle a mi abuela que te hablara de ello. Aunque entonces era muy joven, se unió a la Resistencia y cuenta cosas increíbles de esa época.

–No creo que yo hubiera sido tan valiente.

–Sin embargo, has sido capaz de casarte con un completo desconocido –dijo Nick con suavidad–. Mucha gente pensaría que hace falta mucho valor para ello.

–O estar loco. Y, al fin y al cabo, no es un verdadero matrimonio –añadió precipitadamente.

–Gracias por recordármelo, pero no era necesario. No es fácil que lo olvide.

Se hizo un silencio tan tenso como si acabara de llenarse la piscina de electricidad. Nick salió del agua con un rápido movimiento y tomó la toalla.

–Ya es casi la hora del almuerzo. Será mejor que no hagamos esperar a Hortense.

Paige tuvo una visión fascinante de su cuerpo, apenas oculto por el bañador, después se volvió y nadó hasta el otro extremo de la piscina, donde había dejado sus cosas.

De momento, pensó, sería más seguro quedarse en el agua.

Pero a medida que iban pasando los días, Paige iba sintiéndose cada vez más relajada. Incluso empezaba a disfrutar de sus vacaciones.

Nick pasaba la mayor parte del día fuera de casa, pero pronto Paige se descubrió deseando que regresara. Tenía siempre cuidado de no preguntarle dónde había estado, o de no hacer ningún comentario si se retrasaba y él nunca le ofreció ninguna explicación de sus ausencias.

El baño en la piscina antes del almuerzo llegó a convertirse en parte de su rutina, y en un momento del día que Paige anhelaba.

De modo que, cuando al quinto día Nick tuvo que ir a atender un negocio al banco y le propuso que fuera con él para dar una vuelta por el mercado, aceptó con naturalidad.

Nick aparcó cerca de la iglesia y la condujo por las estrechas callejuelas del centro de la ciudad.

–El banco está allí mismo –le indicó cuando llegaron al mercado–. No tardaré.

–¿Dónde quieres que quedemos?

–No te preocupes, te encontraré.

–¿En medio de tanta gente?

–Creo que sería capaz de encontrarte en cualquier parte –respondió Nick suavemente y le acarició la mejilla.

Paige se sintió como si le estuviera acariciando el corazón y supo que lo que le decía era cierto.

Lo observó marcharse, abriéndose paso entre la multitud y esperó a perderlo de vista antes de comenzar a moverse, sin tener idea de adónde ir.

Ojalá Nick no le hubiera dicho nada, se lamentó en silencio. O no la hubiera acariciado.

En el mercado parecían vender absolutamente todo: desde cazuelas y sartenes hasta cepillos, toallas o bisutería.

Mientras caminaba, Paige sintió el sol achicharrándole la cabeza y se detuvo para comprarse un gorro.

La especialidad del mercado, por supuesto, era la comida. Mientras caminaba entre montones de tomates resplandecientes y manojos de rábanos, se le ocurrió que sería divertido planificar una cena y pasear por el mercado, buscando los ingredientes. Prepararla con su pareja, compartiendo una botella de vino mientras iba saliendo la luna. Y después, hacer el amor...

Tragó saliva y se volvió. Pero no conseguía borrar de su cabeza la idea de que si Nick y ella se hubieran conocido en otras circunstancias, hubieran podido tener una relación normal. Y habrían podido preparar juntos una cena, y compartir una botella de vino mientras planificaban su futuro.

Y dormir juntos...

Se descubrió llevándose la mano a la mejilla y se detuvo bruscamente. Tenía que aprender, se dijo a sí misma, que no debía dejarse llevar por la imaginación.

Continuaba caminando sin rumbo fijo cuando de pronto alguien la agarró del brazo. Alzó la mirada y se encontró con la mirada divertida de Nick.

–Te dije que te encontraría.

–Oh... No te había visto.

–Ni oído, tampoco. Te he llamado dos veces.

–La verdad es que estaba soñando despierta.

–Me lo he imaginado. Espero que fuera un sueño agradable.

«No», pensó. No era agradable en absoluto. En realidad era peligroso. Forzó una sonrisa.

–En realidad era bastante culinario y doméstico.

–Ese es el tipo de sueño que la mujer de un francés debería tener.

–Pero tú casi no eres francés.

–¿Ah, no? Bueno, no se lo digas nunca a mi abuela. Seguro que no estaría de acuerdo contigo –se interrumpió–. Me gusta ese sombrero, pero espero que sea impermeable, porque va a llover.

Paige alzó la mirada hacia el cielo, aliviada por el cambio de tema.

–No creo.

–Estamos en Normandía, recuerda, no en la Riviera –la miró con atención–. ¿Por qué no almorzamos y vamos a la playa antes de que el tiempo empeore? ¿O prefieres que volvamos a casa?

–No. Me gustaría conocer la costa. Pero en vez de ir a un restaurante, ¿por qué no compramos algo de comida y nos la llevamos a la casa?

–Tenga cuidado, señora Destry –respondió Nick, con un brillo travieso en la mirada–, o terminará convirtiéndose en la perfecta esposa.

Compraron un par de *baguettes*, jamón, queso, tomates y agua mineral.

–¿Vamos a ir a una de esas famosas playas del desembarco?

–Esta vez no. Son unas playas increíbles, pero también pueden ser sobrecogedoras. Y trágicas. Así que he pensado que hoy simplemente podríamos relajarnos y disfrutar, y dejar los recorridos turísticos para otra ocasión.

–Estupendo –entonces iba a ver otra ocasión. Paige no sabía si sentirse complacida o recelosa.

Cuando llegaron a la playa, a la que accedieron por un camino empinado y rocoso, y tras extender la manta que Nick había sacado del coche, este le explicó:

–Cuando era niño, pasaba la mayor parte de las vacaciones en Normandía. Y solía venir a este lugar con mis padres y con mi abuela. Era nuestro lugar favorito.

Paige se descubrió extrañamente agradecida ante el hecho de que hubiera decidido compartir con ella aquel rincón. Disimuló su confusión diciendo con rapidez:

–¿Tu abuela es capaz de bajar por ese camino?

–Y hace años lo hacía a oscuras. Cuando los barcos atracaban aquí.

–Supongo que no es un lugar tan tranquilo como parece –comentó con recelo.

Nick sonrió y le tendió un trozo de pan con jamón.

–Lo que pasa es que estás hambrienta.

Tenía razón, descubrió Paige. Estaba hambrienta. Y la comida fue maravillosa, con arena incluida. Y con Nick, admitió, que resultó ser una agradable compañía.

Por primera vez, se permitió bajar la guardia. Descubrir de nuevo a la mujer que había dejado de ser la noche que su padre le había explicado lo que esperaba de ella.

Quizá Nick y ella podrían llegar a ser amigos, se dijo a sí misma, intentando sin éxito entusiasmarse ante aquella posibilidad.

Cuando terminaron de comer, Paige se acercó a hundir las manos en el mar y cuando regresó, descubrió que Paige se había quitado la camisa y estaba tumbado sobre la manta con los ojos cerrados.

Con extremo cuidado, Paige se sentó frente a él. Se desabrochó los primeros dos botones del vestido y se bajó los tirantes, dejando sus hombros al desnudo.

Por supuesto, no pensaba dormirse, se dijo mientras se tumbaba. Eran demasiados los pensamientos que poblaban su mente.

La desconcertaba haber sido capaz de disfrutar de aquellos placeres tan cotidianos. Y la preocupaba la facilidad con la que había respondido a la compañía de Nick. Hablaban como si fueran personas normales, se reían, bromeaban...

Paige volvió la cabeza y lo miró. La fuerza de su atracción era incuestionable. Cada latido, cada una de sus terminales nerviosas la registraban con patético entusiasmo.

Se sentía como si, inconscientemente, hubiera dado un paso hacia lo desconocido y no hubiera vuelta atrás.

Sabía que era absurdo, y también muy peligroso, y que debería luchar contra aquel sentimiento con todas las armas intelectuales de las que disponía. Pero el sol era tan cálido, y el murmullo de las olas tan suave... En la distancia se oían los gritos de las gaviotas y las risas de los niños. Pero también esos sonidos se suspendieron.

Se despertó minutos después al sentir que algo le golpeaba el tobillo. Se sentó adormilada y miró a su alrededor. Su asaltante, inmediatamente la vio, era una enorme pelota de colorines en cuya búsqueda se acercaba una pequeña de poco más de un año. La pequeña se detuvo a una prudente distancia y sonrió.

–*¿Tu veux, petite?* –Paige se la tendió con delicadeza.

La niña sonrió entonces de oreja a oreja y pateó la pelota hacia ella con renovado vigor.

–Eh –riendo, Paige impidió que cayera sobre los restos de comida–. Elige a alguien de tu tamaño para jugar.

Le devolvió la pelota, que la niña atrapó con torpeza.

–Bien hecho –aplaudió Paige–. ¡Bravo!

–*Simone* –su madre se acercó a buscarla–. *¿Qu'est ce que tu fais ici? Mille perdons, monsieur, madame.*

Paige miró rápidamente a su alrededor y vio a Nick incorporado sobre un codo, mirándola fijamente. Había algo frío en su expresión. Parecía casi enfadado. ¿Pero por qué?

–Oh, ¿te he despertado? Lo siento –sonrió, intentando aplacarlo–. Pero era tan adorable.

–No, ya estaba despierto –se sentó para buscar su camisa–. Creo que deberíamos marcharnos. El tiempo está a punto de cambiar –respondió muy serio.

–Vaya –se sentía ridículamente decepcionada ante aquella brusca interrupción–. Qué pena.

–¿Por qué, Paige? ¿No estás desesperada por regresar a tu santuario?

La camaradería de las horas anteriores parecía no haber existido nunca.

Paige alzó la barbilla a la defensiva.

–Al contrario, me siento como si acabara de terminar mi permiso –vio un relámpago de furia en la mirada de Nick.

Guardaron los restos de la comida que habían compartido y abandonaron la playa. No intercambiaron una sola palabra durante el camino de regreso a casa y cuando llegaron, Paige se dirigió directamente a su habitación. Se encontró con Hortense en el pasillo.

–Hoy no cenaré, Hortense –se mordió el labio–. Me duele la cabeza. Tengo la sensación de que va a haber tormenta.

–*Mais oui, madame*. Yo también lo siento –la miró compasiva–. ¿Quiere que le prepare una de mis tisanas especiales?

–Gracias, pero no es necesario.

Cuando se encerró en el dormitorio, comprendió que el dolor de cabeza no era solo ficción, aunque no estaba provocado por el tiempo. Oh, no, la verdadera causa era el esfuerzo que se había impuesto a sí misma para no abofetear a Nick y romper a llorar.

El aire que entraba en la habitación era repentinamente frío. Paige cerró las ventanas y las contraventanas, advirtiendo que el cielo estaba cubierto de negros nubarrones.

Sacó dos analgésicos de su neceser y se los tomó. Se dio un baño, se puso el camisón y se metió en la cama.

Esperaba que Nick se acercara a llamar a su puerta, exigiéndole que bajara a cenar, pero no apareció.

Seguramente no era capaz de pasar más horas en su compañía, se dijo, sintiendo de nuevo la amenaza de las lágrimas.

Pues muy bien, por ella estupendo. Y quizá pudiera

llegar a algún acuerdo con Hortense para que le sirvieran todas las comidas en su habitación.

Cerró los ojos con determinación, pero las pastillas tardaron algún tiempo en obrar su magia y permitir que se hundiera en el sueño.

Fue un sueño agitado, en el que se veía a sí misma recorriendo la casa, accediendo a pasillos irreconocibles y a habitaciones en las que nunca había estado. Todas ellas vacías. Vacías... Se sentó, repentinamente sobresaltada. En la distancia, se oía el retumbar de un trueno, pero al mirar a su alrededor no veía nada, salvo la más absoluta oscuridad. Por un momento, volvió a sentirse presa del mismo sueño que la había dejado temblorosa y totalmente desorientada. Alargó la mano buscando el interruptor de la lámpara de noche de su propia casa y no encontró nada.

¿Dónde estaba?, se preguntó aterrada, ¿qué le había ocurrido?

Sentía la presión de la oscuridad de tal manera que apenas podía respirar. Aquella era la peor de las pesadillas. Una especie de muerte, y gritó aterrada.

El trueno volvió a retumbar y en aquella ocasión fue acompañado por el sonido de una puerta que se abría. De pronto, un haz de luz rompió la oscuridad, haciéndole sollozar de puro alivio.

–¿Paige? –era la voz de Nick–. ¿Qué te pasa?

Encendió la luz de la mesilla de noche, se sentó a su lado y la estrechó en sus brazos, intentando evitar que temblara.

–Estaba oscuro. Estaba muy oscuro y no podía encontrar la lámpara. Y no lo soporto, no soporto estar en medio de la oscuridad sin saber dónde estoy –mientras hablaba, le castañeteaban los dientes.

–Bueno, ahora ya hay luz, y estás a salvo.

Paige apoyaba la cabeza en su hombro y él le acariciaba el pelo con delicadeza. Paige sentía la piel fría de

Nick a través de la seda de la bata y su fresca fragancia a jabón. No había oscuridad, ni ahogo en ese momento.

–No puedo hacer nada para evitar la tormenta, pero creo que ya ha pasado lo peor –le sirvió un vaso de agua mineral–. Toma, bébete esto. ¿Quieres que te traiga algo más? ¿Una taza de té, quizá?

–No –se aferró con fuerza a su manga–, pero no me dejes, por favor.

Se miraron a los ojos durante breves segundos y Nick le dijo quedamente:

–Paige, sabes que no debo quedarme aquí.

–Pero no quiero estar sola. He tenido un sueño terrible... Con todas esas habitaciones vacías... y la oscuridad.

–Las habitaciones no están vacías. Además, yo estoy en la habitación de al lado, y si vuelve la oscuridad, lo único que tienes que hacer es llamarme. Ahora, intenta descansar.

Paige negó con la cabeza.

–No puedo –le tomó la mano para llevársela al pecho–. Todavía tengo el corazón acelerado.

–Ya lo veo –la luz de la lámpara reflejaba la tensión de su rostro.

–¿Entonces cómo eres capaz de dejarme?

–Porque hice una promesa.

Paige continuaba temblando, pero ya no temblaba de miedo. Aquel sentimiento había sido reemplazado por una sensación de entusiasmo que rozaba el júbilo.

Alzó la mano y la posó sobre el rostro de Nick.

–Te dejo romperla.

–Paige... Dios mío.

Paige se recostó contra la almohada y Nick siguió su movimiento, al tiempo que trazaba la línea de sus labios.

–Esta tarde he estado observándote en la playa mientras dormías –le dijo suavemente–. Preguntándome qué sentiría al hacer esto... –le bajó los tirantes del camisón–. Y esto... –continuó bajándole el camisón para dejar sus senos al alcance de sus ojos y, descubrió Paige con un jadeo, de su boca.

Nick adoró con los labios los sedosos montículos, haciendo que los pezones se irguieran mientras los rodeaba con la lengua con movimientos sensuales.

Paige se oyó a sí misma gemir bajo la fuerza de un placer tan intenso que casi le dolía. Echó la cabeza hacia atrás y arqueó su cuerpo entero, con un anhelo que jamás había conocido.

Y cuando Nick volvió a buscar sus labios para besarla sin dejar de acariciarle los senos, ella le entreabrió la bata buscando su piel desnuda y acarició febrilmente su pecho.

Nick respiraba agitadamente mientras exploraba su cuerpo y la hacía desprenderse por completo del camisón.

Posó las manos en sus caderas y las deslizó por sus muslos para instarlos a abrirse y mostrarle su secreto.

El cuerpo entero de Paige se estremecía de placer ante sus caricias.

–Sí... Oh... sí –se oyó gritar a sí misma.

Y supo, en ese mismo instante, que todo había cambiado. Sintió que Nick retrocedía casi violentamente. Que se distanciaba.

Paige abrió los ojos al instante. Nick estaba de espaldas a ella, empapado en sudor y atando con gesto firme el cinturón de su bata.

–Nick, ¿ocurre algo malo?

–Yo diría que todo, ¿no crees? –su rostro se había transformado en una máscara remota y oscura.

–No te comprendo...

–Es muy sencillo. Pensaba que podía hacer esto, pero no puedo –tomó la sábana y cubrió el cuerpo desnudo de Paige–. Lo siento.

–¿Lo sientes? –Paige no creía posible sentir tanto dolor... Tanta vergüenza. Era como si acabaran de clavarle un cuchillo en las entrañas.

Y era ella la que había provocado aquella situación. Se había expuesto ella misma al peligro. Algo que nunca olvidaría.

Quería morirse, pensó, escapar... o por lo menos hacerse invisible.

–Creo que será mejor que te vayas –le pidió.

–Sí –respondió Nick quedamente–, yo también.

Paige cerró los ojos otra vez. No podía soportar verlo marcharse. Ser testigo de una humillación como aquella.

Cuando oyó que la puerta se cerraba, liberó la respiración que había estado conteniendo y apretó los puños al sentir que las lágrimas volvían a sus ojos.

Todas las habitaciones estaban vacías. Y su corazón era la estancia más vacía de todas.

Capítulo 8

INCLUSO después de los meses pasados, la herida de aquella noche todavía no había cicatrizado. Continuaba siendo un recuerdo vivo de su propia estupidez.

Y de un error que se había prometido no volver a cometer.

Sin embargo, allí estaba. De nuevo a solas con Nick, en una habitación a oscuras en medio de una tormenta. Era como un círculo vicioso.

Pero sabía que podía haberlo evitado. Podía haber aceptado el trabajo que Brad le ofrecía, haber dejado claro que su relación sería únicamente laboral y haber pasado en St. Antoine los meses que faltaban para su divorcio.

Aunque, por supuesto, Nick no lo habría permitido.

«Todavía no he acabado contigo». Eso era lo que le había dicho en la playa, ¿cuándo? ¿La noche anterior? Tenía la sensación de que había pasado toda una vida desde entonces.

¿Estaría Nick hablando en un sentido personal o profesional?, se preguntó.

Fuera lo que fuera, debería haberse enfrentado a él, haberlo obligado a explicarse. Porque si iba a encontrarse con nuevos problemas cuando regresara a su casa, algo que parecía bastante probable, necesitaba saberlo.

En cualquier caso, una conversación seria con Toby parecía inevitable. Por una parte, necesitaba decirle que su trabajo con Harrington no era suficiente para ella y que iba a empezar a buscar otro empleo.

Necesitaba cambiar de vida. Dejar el pasado tras ella y comenzar de nuevo. Podría irse al extranjero. Una amiga suya había pasado un año en Australia, haciendo un intercambio con un periodista que trabajaba en una revista de Sidney. Quizá pudiera conseguir algo parecido.

Pero resultaba difícil ser positiva cuando se sentían náuseas y la cabeza entumecida. Cuando en lo único en lo que podía pensar era en el hombre que tenía a solo unos metros de distancia. Se movió inquieta en la cama.

–¿Estás bien? –le preguntó Nick con voz queda. Paige se quedó paralizada y contestó con un somnoliento murmullo, como si estuviera dormida.

La desconcertaba que Nick fuera tan consciente de ella como ella lo era de él. Y no necesitaba su preocupación, y tampoco su compasión, más de lo que la había necesitado un año atrás.

Durante el resto de aquella aciaga noche del pasado, no había podido dormir. Y, de pronto, se había descubierto agradeciendo la oscuridad que minutos antes le había parecido tan odiosa. No sabía lo que iba a hacer cuando tuviera que enfrentarse a Nick a la luz del día. ¿Cuándo iban a poder olvidar, los dos, cómo se le había ofrecido, desnuda y anhelante, solo para ser rechazada?

Al día siguiente, al despertar, había encontrado a Nick al lado de la cama, con una bandeja.

–Le he dicho a Hortense que la tormenta no te ha dejado dormir y que no te despertara, pero se está haciendo muy tarde, así que te he traído el desayuno.

–Gracias –contestó Paige a la defensiva–. Puedes dejar la bandeja en la mesilla.

–¿Y marcharme? Creo que necesitamos hablar, Paige.

–Ya nos hemos dicho todo lo que necesitábamos decirnos. Ahora lo único que quiero hacer es poner fin a esta farsa y marcharme a mi casa.

–¿Te vas?

–Sí, y te agradecería que me consiguieras un billete de avión o una plaza en el ferry, preferiblemente hoy –se interrumpió–. Y puedes contarle a Hortense lo que quieras... y a tu madre. Invéntate una enfermedad familiar...

–Yo te llevaré.

–No. Te agradecería que te limitaras a hacer lo que te he pedido.

Se hizo un largo silencio, tras el que Nick dijo con voz queda:

–Muy bien –y se marchó.

E hizo todo lo que Paige le había pedido. Le reservó un billete de avión y ordenó a Antoine que la llevara al aeropuerto.

A pesar de todo, su marcha no estuvo exenta de cierta torpeza. Bajo la mirada atenta de Hortense, se despidió de Nick con un beso frío y formal en la mejilla.

–*Au revoir* –le dijo Nick con una sonrisa que no alcanzó su mirada–. Te veré pronto.

–No –había respondido Paige mientras se dirigía hacia el coche–. No me verás.

Había sido una resolución nacida de la desesperación. Y la había mantenido durante los meses que habían seguido a aquel momento. La había utilizado para pulverizar el recuerdo de Nick. Para borrar el doloroso recuerdo de su propio cuerpo anhelando la caricia de sus manos y su boca.

En muchas ocasiones había creído verlo: paseando por la calle, en medio de un abarrotado restaurante... Y se había detenido con el corazón trepidante, presa del pánico, diciéndose a sí misma que eran malas jugadas de su imaginación.

Había sido una batalla amarga, larga, pero al menos había comenzado a ganarla. O eso pensaba.

Pero en ese momento, por culpa de una serie de crueles coincidencias, tendría que comenzar otra vez todo el proceso. Y no sabía si podría soportarlo.

Aquella fijación con Nick era una locura, lo sabía. ¿Cómo podía estar tan obsesionada con una persona con la que solo había convivido durante una semana y que había dejado suficientemente claro que no tenía ningún interés en ella?

Pero lo conseguiría, se prometió, mordiéndose el labio hasta hacerse sangre. Escalaría esa montaña una vez más. Bloquearía en su cerebro el recuerdo de su imagen, de su voz, de su fragancia. Conseguiría librarse de ellos. Lo sabía. Tenía que creerlo. Porque si no, estaría condenada a la locura.

Intentó calmarse controlando la respiración, practicando ejercicios de relajación y, poco a poco, las imágenes que la atormentaban fueron desapareciendo, hasta permitirle, por fin, conciliar el sueño.

Cuando se despertó, fue inmediatamente consciente de dos cosas: la primera era que había amainado el viento. Y la segunda que sentía un peso encima del que no podía desprenderse.

Por un terrible instante, pensó que el hotel se había derrumbado y que lo que tenía encima era parte del techo.

Entonces se dio cuenta, más horrorizada todavía, de que el peso que sentía encima era el de algo cálido que además respiraba.

Sin atreverse apenas a respirar, Paige volvió la cabeza y confirmó sus peores temores.

Nick estaba tumbado a su lado, profundamente dormido, con un brazo sobre su cintura y la pierna sobre las suyas, apresándola por completo.

Paige se quedó completamente paralizada, con el cuerpo rígido. ¿Cómo podía haberse acostado Nick con ella sin que se diera cuenta? ¿Y cómo podían haber terminado entrelazados de aquella manera? El hecho de que ambos estuvieran vestidos le proporcionaba al menos cierta seguridad.

Oh, Dios, pensó. Tenía que salir de allí. Moviéndose con extremada precaución, le apartó el brazo y comenzó a desplazarse hacia el borde de la cama. Pero entonces lo sintió estirarse y bostezar.

–¿Huyendo otra vez de mí, querida? –Nick alargó el brazo, obligándola a volver a su abrazo.

–¿Qué demonios crees que estás haciendo?

–He estado durmiendo.

–Dijiste que te quedarías en la silla.

–Sí, lo dije. Pero era tan incómoda que me ha hecho olvidarme de la caballerosidad. En cualquier caso, ¿cuál es el problema? No parecía molestarte mi presencia. De hecho, estabas durmiendo como un bebé entre mis brazos.

–Muy bien, pero ahora estoy despierta. Y me gustaría levantarme.

–¿A qué viene tanta prisa? –Nick apoyó la barbilla en su hombro–. Aunque Minna se haya alejado, todavía falta mucho para que abran de nuevo el aeropuerto y, desde luego, esta noche no va a salir ningún avión. Así que ¿por qué no intentas relajarte?

–Déjame –Paige intentó liberarse otra vez–. No tienes derecho...

–Cuidado, cariño. Estás acercándote a un terreno peligroso. ¿Quieres que te explique exactamente qué derechos tengo en lo que a ti concierne?

–Por lo que se especificó en nuestro acuerdo, no tienes ninguno.

–Una acuerdo que te convirtió en mi esposa, Paige.

Y quizá ya vaya siendo hora de que aprendas lo que eso significa.

–¿De qué estás hablando?

–Estoy hablando de nuestro matrimonio. Creo que ya es hora de nos olvidemos de ese maldito acuerdo y lo convirtamos en algo real. Por supuesto, no pretendo forzarte, pero la persuasión es algo completamente diferente –se interrumpió–. Al fin y al cabo, hubo una ocasión en la que me deseaste.

–Por favor, no me lo recuerdes –replicó Paige con voz glacial–. Eso fue una aberración que conseguí superar hace mucho tiempo.

Paige lo sintió sonreír.

–¿Estás segura?

Paige estaba temblando por dentro. Pero era importante, vital, aparentar que mantenía el control.

–Hace veinticuatro horas estabas abrazado a una rubia. Utiliza tu capacidad de persuasión con ella, Nick. Porque no creo que estés preparado para ser un buen marido.

–Vaya, querida, cualquiera diría que estás celosa.

–Y se equivocaría.

Sintió la repentina tensión de los músculos de Nick y supo que había conseguido enfadarlo. Nick le hizo volverse en sus brazos y la estrechó con fuerza contra su cuerpo.

–Demuéstralo –y la besó.

Paige intentó resistirse. Pero la presión de su boca era demasiado fiera, demasiado persuasiva.

Intentó decir no, pero la palabra se ahogó en el dulce fluido que aquel beso engendraba.

No podía pensar, ni respirar. Necesitaba embriagarse de su boca. Nick buscó su seno con la mano, lo moldeó a través de la seda y acarició el pezón erguido sin dejar de besarla.

El corazón de Paige parecía haberse vuelto loco.

Casi podía oír sus propios latidos, pensó aturdida... Y justo en ese momento se dio cuenta de que alguien estaba llamando a la puerta.

Nick se apartó de ella soltando un juramento.

–¿Quién es? –gritó.

–Un mensaje de dirección, señor.

Nick se levantó de la cama y se acercó a la puerta. Paige aprovechó la oportunidad para abandonar la cama y sentarse en la silla mientas Nick hablaba con la figura uniformada de blanco del pasillo.

–Al parecer han conseguido preparar algo de comida caliente –le dijo a Paige en cuanto cerró la puerta–. Está disponible en el comedor, si te apetece.

–¿Qué tipo de comida? –preguntó Paige. Estaba asombrada por la formalidad de su voz–. Me refiero a si es un almuerzo o una cena.

Nick abrió las contraventanas. Una luz grisácea inundó la habitación.

–Solo son las seis de la mañana, así que supongo que será un desayuno.

–¡No puede ser! ¿Quieres decir que he dormido doce horas?

Nick asintió.

Paige bajó la mirada hacia sus manos.

–Todavía conservo la esperanza de estar dormida y de que esto sea una horrible pesadilla.

–Estás provocándome otra vez, querida. Tendrás que agradecer que mi hambre de huevos revueltos de momento sea más intensa que las ganas que tengo de ti –se metió la cartera en el bolsillo de los pantalones–. ¿Vienes?

–No, gracias, no tengo hambre.

–Como quieras, querida. Puedes quedarte aquí y seguir fingiendo que te soy completamente indiferente –le dirigió una mirada con la que parecía querer desnudarla y se marchó.

Paige permaneció sentada. La cabeza le daba vueltas, los labios le cosquilleaban y los senos le dolían de excitación.

Le costaba creer la facilidad con la que Nick había conseguido llevarla de nuevo al borde de la rendición. ¿Cómo podía haber permitido que volviera a besarla, a acariciarla?, se preguntó estremecida. Como si ella fuera un juguete para proporcionarle placer. ¿Por qué no lo habría rechazado?

Se levantó y comenzó a guardar sus pertenencias en la maleta. Cuando Nick regresara, ella no estaría allí. No podía arriesgarse.

En el folleto informativo que había en la mesilla de noche, buscó la dirección del consulado, la copió en el dorso de un pequeño mapa de la ciudad y se lo metió en el bolso.

El ascensor no funcionaba, por supuesto, así que bajó las escaleras, temiendo encontrarse con Nick a cada momento. Pero la suerte estuvo de su lado y alcanzó la puerta del hotel sin ser vista. Entonces tomó aire, se colocó la bolsa de viaje al hombro y comenzó a correr.

Estaba lloviendo cuando volvió a su casa. Aparcó el coche y se dirigió rápidamente hacia la puerta. Aquellos cuatro días, pensó, habían sido los más largos de su vida.

Los empleados del consulado habían sido amables; estaban muy agobiados, pero en cuanto descubrieron que Paige no estaba empeñada en obtener una plaza en el primer avión que saliera, estuvieron encantados de proporcionarle una habitación, con desayuno incluido, en un sencillo hotel que estaba a solo dos calles de distancia. Allí se había quedado y no había vuelto a salir hasta que se había asegurado de que Nick había abandonado el lugar.

Una vez en el interior de su casa, Paige se detuvo un momento, esperando sentir aquellos brazos invisibles que siempre la rodeaban cuando llegaba a su hogar. Pero no ocurrió nada. Hacía frío, bajo la puerta se amontonaban las cartas, casi todas del banco, y la luz del contestador parpadeaba furiosa.

Paige suspiró, dejó la bolsa de viaje en las escaleras y presionó el botón del contestador para escuchar los mensajes. Todos eran de Toby, advirtió disgustada. Era obvio que algo lo inquietaba y estaba segura de que no era la preocupación por su bienestar.

Se dirigió a la cocina, aliviada al no haber tenido mensaje alguno de Nick, y puso la cafetera al fuego. Iría a ver a su familia esa misma noche, pensó. Había llamado a casa en cuanto el servicio telefónico había sido restaurado en Sainte Marie, para asegurarle a su padre que estaba bien, pero había algunas preguntas para las que necesitaba cuanto antes una respuesta.

Se tomó un café mientras revisaba el correo sentada en el salón. Cuando terminó, se levantó para abrir la ventana y vio que un coche se acercaba y se detenía precipitadamente en la puerta de su casa.

Un segundo después, Toby se acercaba con expresión sombría y a grandes zancadas hasta la puerta.

–¿Dónde demonios has estado? –fue lo primero que le dijo a Paige cuando esta le abrió.

–Hola, hermanito, yo también me alegro de verte –respondió Paige–. ¿Has oído hablar del huracán Minna?

–Eso fue hace décadas. Y necesitaba que regresaras. Tengo que hablar contigo.

–Acabo de llegar –protestó Paige mientras se dirigían al salón–. ¿Por qué no cenamos juntos esta noche?

–Necesito hablar contigo ahora, en privado. Tenemos serios problemas.

–¿De verdad? Bueno, yo también tengo problemas. Coincidí con Nick Destry durante las vacaciones.

–¿De verdad? –Toby la miró fijamente–. ¿Y cómo estaba? ¿Qué te dijo?

–Tan repugnante como siempre.

–Bueno, espero que no lo hicieras enfadarse, porque necesitamos que esté de buen humor y dispuesto a ser generoso. Mañana hay una reunión de emergencia de la junta directiva.

Oh, no, gimió mentalmente Paige.

–Será mejor que te sientes –le dijo a su hermano–. ¿Quieres un café?

–Necesito una copa –miró a su alrededor–. Whisky, si tienes. Y tú también deberías servirte una.

Paige se acercó al mueble bar, donde guardaba su pequeño suministro de alcohol, y sirvió dos vasos de whisky. Le tendió uno a su hermano.

–¿Te acuerdas del proyecto de Seagrove? –le preguntó Toby tras dar un sorbo a su bebida.

–Sí, claro, pero hace tiempo que terminó, ¿verdad? Todas las casas se vendieron.

Toby asintió.

–Los primeros compradores empezaron a marcharse cuando descubrieron las grietas en las paredes. Al principio no le dimos importancia porque las grietas son bastante habituales hasta que una casa comienza a establecerse, pero la cosa fue a peor y consiguieron que fuera a verlas un inspector. Él dijo que los cimientos no son seguros, que hay demasiada arena y grava en ese suelo y que el problema continuará empeorando. Nos ha enviado un informe que es una pesadilla –bajó la voz–. Esto puede costarnos miles y miles de libras. Todo el mundo tendrá que mudarse hasta que terminen las reparaciones y nosotros tendremos que asumir todos los gastos.

–Pero eso es imposible. Se supone que teníamos

una prueba de los suelos y el laboratorio nunca ha fallado.

Toby bajó la mirada.

–En esta ocasión no trabajamos con el mismo laboratorio. Lo hicimos con un tipo con el que estudié en la universidad. Era mucho más barato.

–¿Y consultaste el cambio en la junta?

–No lo creí necesario –contestó a la defensiva–. Me ofreció un trato inmejorable, no pensé que pudiera equivocarse.

Paige cerró los ojos un instante y contó hasta diez.

–Entonces denúncialo.

Toby sacudió la cabeza con tristeza.

–Su empresa ha declarado la suspensión de pagos. Debe el dinero de los impuestos y del IVA, así que difícilmente vamos a conseguir ningún tipo de indemnización. Y los residentes están amenazando con acudir a la prensa y a los tribunales.

–¿En Maintland Destry lo saben?

–Al principio no se enteraron. Y yo pensé que podía inventarme cualquier cosa. Pero ese contable que Nick nos ha enviado lo averiguó y le envió un fax contándoselo todo. Y Nick convocó la reunión que se va celebrar mañana hace tres días, en cuanto regresó de sus vacaciones.

–Sí, ya me lo imagino.

Por lo menos ya no tenía que preocuparse por él, se dijo Paige. Nick tenía asuntos más importantes en los que pensar.

–Cuando lo viste, ¿no te mencionó nada de esto?

–No directamente, me insinuó algo, pero la verdad es que no sabía a qué se refería.

–¿Y no te dio ninguna indicación de lo que pensaba hacer? ¿Crees que estará dispuesto a darnos una nueva fianza? –había una nota de desesperación en la voz de

Toby–. Hermanita, si Maitland Destry no nos ayuda, estamos perdidos.

–¿Pero te parece probable? Seguramente, si pudiera, preferiría recuperar todo lo que ha invertido hasta ahora.

Toby negó con la cabeza.

–No lo sé. Corren toda clase de rumores. Como que está interesado en comprar la empresa. ¿Qué haremos si al final la compra?

Paige se encogió de hombros.

–Trabajar con ellos, supongo.

–Pero esa no es una opción –Toby parecía a punto de llorar–. La gente está diciendo que intentarían mantenernos al margen, o algo peor. ¿Y quién va a darme trabajo si aparezco en la lista negra de Nick Destry?

–Toby... no sé que planes tiene.

–Pues deberías saberlo –Toby se enfrentó a ella con repentina beligerancia–. ¡Eres su esposa, por el amor de Dios!

–No –Paige alzó la barbilla–. Y nunca lo he sido. El nuestro ha sido solamente un matrimonio de conveniencia y lo sabes perfectamente.

–Si tú lo dices... Pero Denise siempre ha sido muy astuta para esas cosas y dice que estáis locos el uno por el otro.

Paige curvó los labios con una desdeñosa sonrisa.

–A tu mujer siempre le ha gustado engañarse.

–Bien, en ese caso, intenta tú engañar a tu marido. Podrías seducirlo e intentar averiguar lo que está planeando. Solo es un hombre, después de todo, así que, por primera vez en tu vida, empieza comportarte como una mujer.

Paige dejó su vaso en la mesa y se levantó.

–Intentaré fingir que no te he oído –dijo quedamente–. Y ahora, creo que será mejor que te vayas.

–Lo siento, Paige –gimió Toby–. Pero es que no sabes por lo que estoy pasando.

Cuando su hermano se fue, Paige se dejó caer en una silla y cerró los ojos, intentando recordar todo lo que Nick había dicho sobre la empresa durante el tiempo que había pasado con él.

Debería haberle prestado más atención, pensó. Haberle hecho más preguntas. Pero en aquel momento sus preocupaciones eran muy diferentes.

Al mirar hacia el pasado, veía claro que Nick pensaba que estaba al corriente del fiasco de Seagrove. Su intuición le decía que aquel no había sido el único desastre. Y los temores de Toby solo servían para reforzar sus sospechas.

¿Qué demonios habría estado pasando?

Suspiró. Al día siguiente lo tendría todo brutalmente claro. Y tendría que luchar hombro con hombro con su familia en una batalla contra Nick que tenían muy pocas posibilidad de ganar.

Se levantó de la silla, tomó la taza de café frío que había dejado sin terminar y la llevó a la cocina. Y estaba regresando al vestíbulo para ir a buscar su bolsa de viaje cuando oyó que llamaban a la puerta.

Paige gimió para sí, pensando que se trataría de Toby. Caminó con desgana hasta la puerta, la abrió y se detuvo con los ojos abiertos como platos, absolutamente sorprendida.

–Así que estás en casa, sana y salva –dijo Nick con suavidad–. Quizá ahora podamos tener esa conversación que llevamos tanto tiempo postergando.

Capítulo 9

QUÉ ESTÁS haciendo aquí? ¿Cómo me has encontrado?

–Tu dirección no es ningún secreto de Estado.

Paige se aferraba con fuerza al borde de la puerta.

–Pero nunca habías venido.

–Dudaba de que fuera a ser bien recibido. Incluso ahora me siento un poco abrumado. ¿Puedo pasar? –la lluvia empapaba sus hombros.

Paige vaciló perceptiblemente, pero al final se apartó para invitarlo a pasar al vestíbulo.

–Por favor, dime lo que tengas que decirme y vete.

–Estoy seguro de que tu familia preferiría que fueras más hospitalaria conmigo, querida. ¿Ese es el cuarto de estar? –pasó por delante de ella y dedicó unos segundos a supervisar las paredes claras, el color verde hierba del suelo y los dos cómodos sofás que había frente a la chimenea.

–Encantador –dijo con un gesto completamente inexpresivo.

–Por favor, no seas tan condescendiente. Sé que mi casa es más pequeña que cualquiera de las habitaciones de tu mansión de Londres.

–Nunca has estado en mi casa de Londres.

–Pero he visto fotografías –Paige se maldijo a sí misma por aquella involuntaria revelación.

–Bueno –respondió él suavemente–, quizá puedas conocerla mejor en un futuro próximo –se interrumpió–. ¿No vas a invitarme a sentarme?

–Si no me queda otro remedio, siéntate, por favor.

–Gracias –respondió él educadamente. Miró la mesa que había entre los dos sofás y arqueó las cejas. –¿Intentando animarse, señora Destry?

–No sabía que necesitara hacerlo.

–Paige aquí hay dos vasos de whisky, y apostaría todo mi dinero a que el vacío es de tu hermano. Imagino que ya te ha contado todo lo que ha estado sucediendo mientras tú estabas divirtiéndote en el Caribe, así que ya estarás al tanto de las malas noticias –se encogió de hombros–. A menos que te hayas bebido tú sola los dos whiskies.

–Pues sí, Toby ha estado aquí. Ha pensado que debería enterarme de los problemas surgidos en Seagrove para poder enfrentarme a la prensa. Mañana mismo me gustaría poder ofrecer nuestra propia versión a la prensa.

–Es una buena idea, pero a partir de ahora, el representante de prensa de la empresa será Craddok Peters. Así que lo que tienes que hacer es llevar firmada tu renuncia a la reunión de mañana.

–¿Me... me estás despidiendo? Pero no puedes... El resto de la junta nunca estará de acuerdo. Fue mi padre el que me persuadió de que aceptara este trabajo.

–Y ha sido un acuerdo muy cómodo para vosotros. Pero todo esto ha terminado y te aconsejo que no armes demasiado alboroto ni me denuncies por despido improcedente. Ya no se van a volver a lavar los trapos sucios de Harrington en público.

–¿Los trapos sucios? ¿Pero estás loco? –Paige sacudió la cabeza–. ¿Pero qué es esto? ¿Una especie de castigo por haber estado de vacaciones mientras Seagrove se hundía? Porque a lo mejor te interesa saber que estas han sido mis primeras vacaciones desde hace dos años.

–Pareces olvidarte de los días que compartimos en Normandía.

–No los había olvidado.

–En realidad no me importan cuántas vacaciones te tomes o no al año siempre y cuando te las pagues tú con tu exagerado salario y no las disfrutes a expensas de la empresa. A la que, por cierto, también estás cargando la hipoteca de tu casita. Y las cuentas de la decoración de la misma.

Paige no se habría enfadado más si le hubiera dado una bofetada. Apretó los puños a ambos lados de su cuerpo mientras su cerebro se inundaba de palabras furiosas. Solo estaba cobrando dos tercios de su anterior salario y la hipoteca se comía una buena parte de él. Ella misma había pintado su casa durante los fines de semana y había comprado los principales muebles con sus ahorros.

Y sin la generosidad de Angie, jamás habría podido pagarse unas vacaciones en el Caribe.

Estaba a punto de decírselo cuando el enfado que bullía en sus labios se transformó en preocupación... en miedo. Y la voz de su conciencia le advirtió que actuara con precaución, porque las palabras de Nick estaban poniendo de manifiesto un terrible error.

Se acercó inquieta hasta el sofá y se sentó.

–¿Cómo has descubierto todo eso?

–El mérito ha sido de mi contable, Jake Allenby. No creo que le haya hecho mucha gracia decirme que mi esposa estaba utilizando las cuentas de la empresa como si fueran suyas. Ahora está dirigiendo un equipo que está investigando otras discrepancias más serias.

–¿Qué clase de... discrepancias?

–¿No lo sabes? –se burló–. Últimamente, la calidad y la integridad que se le suponían al nombre de Harrington han sufrido algunos golpes. Clientes que habían pagado por las cocinas y los baños de mayor calidad, se han encontrado con instalaciones que eran burdas imitaciones. En algunas viviendas, cambiaron el sistema de calefacción, lo que permitía que humos potencialmente peligrosos pudieran entrar en las casas. Las puertas blindadas empezaron a engrosar el capítulo de extras...

–¿Y pretendes hacerme responsable de todo ello?

–No seas ridícula. Pero toda forma parte de la actual política de la empresa de abaratar costes sin preocuparse de los clientes o de la empresa. Esto no puede continuar, Paige. No voy a permitirlo. Y tú eres la primera baja.

Todo ese dinero, pensó Paige, había sido extraído en su nombre. Pero no por ella. Entonces, ¿quién podría haberse quedado con él? Su mente conjuró la imagen de Toby, allí, en esa misma habitación solo media hora antes, abatido y asustado. Toby, que siempre andaba mal de dinero para poder afrontar los gastos de Denise. Oh, no, pensó, intentando dominar una oleada de náuseas.

Levantó su whisky y bebió un sorbo intentando darse tiempo para pensar.

Nick la observaba con los ojos entrecerrados.

–¿Qué pasa, Paige? ¿Creías que no lo iba a averiguar?

–En realidad no sé lo que pensaba –tomó aire y se obligó a enfrentarse a su mirada–. Mañana mismo comenzaré a buscar otro trabajo. Todavía conservo algunos contactos. Y si prometes no llevar más adelante tu investigación, te devolveré cada penique de mi futuro trabajo.

–Sí –dijo Nick suavemente–. Ya es hora de que devuelvas lo gastado. Pero no hace falta que busques otro trabajo, porque ya tengo un puesto esperándote: vas a empezar a ser mi esposa. Y esta vez no habrá ni excusas, ni evasivas ni escapadas.

–Por favor –Paige lo miró suplicante–. No puedes hacerme esto. Es algo obsceno. Medieval. Castígame de cualquier otra forma, pero no así.

–No estás siendo muy halagadora, querida –repuso Nick, arrastrando las palabras–. Pero no será tan terrible. No podré ofrecerte acceso ilimitado a mi dinero, pero te pagarán una asignación –se interrumpió y la escrutó con la mirada–. Estoy dispuesto a ser generoso, Paige, pero espero que merezca la pena gastarme ese dinero. De modo que no podrás defraudarme en la cama.

Toda Paige se encogió. Imaginó a Nick acariciando su boca, sus manos, buscando la retribución que supuestamente le debía por sus pecados. Y, de alguna manera, tendría que ser capaz de soportarlo, porque era preferible que Nick la culpara a ella a que descubriera la verdad.

Toby era débil y lo que había hecho podría ser un delito, pero no podría soportar verlo caer públicamente en desgracia, no por él, sino por su padre. Aquel disgusto podía provocarle otro infarto, y en aquella ocasión, el resultado podía ser fatal.

Por otra parte, tampoco podía aceptar el destino al que Nick la condenaba.

–Nick –le dijo con voz ronca–. Sabes que de esta forma solo nos haríamos daño. Si me lo permites, trabajaré hasta la extenuación para devolverte el dinero. Te lo juro. Y ambos seremos libres para buscar la felicidad... de forma apropiada. Además, está esa rubia.

–Ah, sí. La maravillosa Michelle. De verdad te fastidió, ¿eh? Me pregunto por qué.

–Prácticamente te la estabas comiendo... –replicó con dureza, y enseguida se maldijo a sí misma por aquella contestación.

–¿Y cómo denominarías a tu actitud con Brad Coulter?

–Nick, por favor, no me digas que te pusiste celoso.

–Por supuesto que no. Al fin y al cabo, no puedo reprocharte que utilizaras la libertad que yo mismo te di para llevarte a alguien tan encantador a la cama. Pero aunque nos divorciemos, no tienes ninguna garantía de que Coulter vaya a casarse contigo. Él prefiere los arreglos menos formales.

–Es evidente que tenéis muchas cosas en común.

–Entonces supongo que serás capaz de compararnos como es debido, ¿no crees, querida?

–¿Ya ha terminado esta conversación? –le preguntó Paige con voz cansina–. Porque en ese caso, preferiría quedarme sola. Tengo muchas cosas en las que pensar.

–En ese caso, siento desilusionarte, porque no voy a irme. Nuestro matrimonio va empezar aquí y ahora, esta misma noche.

–Pero... no es posible. Necesito tiempo.

–Yo también tengo mis propias necesidades. Quizá sean algo más básicas, pero son igualmente urgentes, te lo prometo –se levantó–. ¿Dónde tienes las llaves?

–¿Para qué las quieres? –su cerebro parecía haberse derretido. Nada parecía tener sentido.

–Tengo que sacar algunas cosas del coche –le sonrió–, y no me gustaría que me cerraras la puerta y verme obligado a llamar a uno de los carpinteros de Harrington para que sacara la puerta de las bisagras. Y estoy seguro de que a ti tampoco te gustaría.

–No –contestó Paige, y tragó saliva–. Están... están en la mesa de la entrada.

–Muy sensata. No tardaré.

Paige se sentó en uno de los sofás, con la mirada perdida en el vacío. ¿Cómo podía haber llegado hasta allí? ¿Cómo era posible que estuviera cediendo a sus cínicas demandas? ¿Que estuviera a punto de entregarse a un hombre que no la respetaba?

Toby le había pedido que utilizara su influencia, recordó con dolor, y ella se había negado, segura de sus principios morales. Pero de pronto, la tierra parecía haberse abierto bajo sus pies y no había ningún tipo de certezas.

Las fechorías de las que Nick la acusaba eran mínimas comparadas con las que él había mencionado, con aquellas que todavía estaban siendo investigadas.

El instinto le advertía que Toby probablemente estaba metido hasta el cuello, y que la próxima vez ni siquiera ella iba a poder salvarlo. Pero todavía tenía que intentarlo, pensó, desolada. A cualquier precio.

Oyó que Nick regresaba y cuadró los hombros.

–¿Me vas a enseñar la casa? ¿O tengo que encontrar yo mismo mi habitación?

–Es la puerta de la derecha, en la habitación de arriba –respondió ella con una frialdad casi profesional–. El baño está en frente. Y encontrarás toallas limpias en el armario del pasillo.

Nick asintió.

–Hay una cesta llena de comida en la cocina. Si quieres, puedes guardar lo que he traído.

–¿Comida? –repitió Paige con incredulidad.

–Por supuesto. Es la segunda regla del matrimonio, querida: comer con regularidad –esbozó una sonrisa burlona–. ¿Quieres que te diga cuál es la primera?

–Puedo imaginármelo –replicó–. Pero te prepararé algo de comer, si eso es lo que quieres.

–Sí, eso es lo que quiero, para empezar –y un segundo después, Paige lo oyó subir las escaleras.

Encontró en la cocina una cesta llena de comida de una de las mejores tiendas de Londres. En su interior encontró pato asado, varias ensaladas, pan, queso, una tarta deliciosa y una botella de buen vino. En otro recipiente encontró beicon ahumado y media docena de huevos de granja... Para un hombre que parecía dispuesto a quedarse a desayunar.

Mientras sacaba la comida, sintió que la boca se le hacía agua. En un principio, pensó en colocar un solo plato para Nick en su pequeño comedor, pero el aroma del pato era demasiado apetitoso incluso para su orgullo. Y pasar hambre no iba a servirle de nada.

Así que sacó uno de sus manteles de lino favorito, la cubertería de plata e incluso unas velas. Colocó el pato en una fuente labrada y abrió la botella de vino para dejarla respirar.

Estaba en la cocina, preparando un aliño para la ensalada cuando oyó que Nick bajaba las escaleras. Minutos antes había oído correr el agua del baño e imaginó que se estaba duchando.

Nick entró en la cocina vestido con unos pantalones de color crema y un polo negro.

–Todo tiene un aspecto maravilloso –comentó desde el marco de la puerta–. Me impresionan tus habilidades como anfitriona.

–Es algo que me gusta. Aunque prefiero elegir a mis invitados.

–¿Y asegurarte de que estén solo de paso? Pues yo voy a quedarme, Paige –le advirtió suavemente–. Y cuanto antes vayas haciéndote a la idea, mejor. ¿Entendido?

–Sí, entendido –Paige concentró toda su atención en la cantidad de vinagre de vino que estaba añadiendo al aceite de oliva, intentando al mismo tiempo dominar su fiera conciencia de Nick.

–¿Puedo servirte una copa? –le ofreció él.

–No, gracias.

Nick permaneció donde estaba, observándola.

–Esta noche hay mucha humedad y hace un poco de frío. ¿Quieres que encienda la chimenea?

Era algo que en realidad pretendía hacer ella misma, pero se oyó contestando irritada:

–Por favor, siéntete como en casa.

–Gracias. Tenía intención de hacerlo –desapareció

y a los pocos segundos, Paige oyó el murmullo de la televisión.

El hecho de que Nick estuviera allí, invadiendo su espacio y haciéndolo suyo, hacía que la situación empeorara, pensó Paige mientras llevaba la ensalada al salón.

Nick respondió inmediatamente a su silencioso anuncio de que la mesa estaba puesta.

–Me habría gustado que volviéramos a comer al aire libre, pero con este tiempo tan malo, he pensado que sería mejor hacerlo en casa –comentó mientras trinchaba el pato–. ¿Te acuerdas del día que estuvimos en la playa?

–La verdad es que no –negó Paige a la defensiva.

Nick chasqueó la lengua, mostrando su desaprobación.

–No deberías mentir, querida. Cuando lo haces, tus ojos cambian de color. Se ponen mucho más oscuros.

–Eso no es cierto.

–¿Y tú cómo lo sabes? –Nick le tendió un plato–. La próxima vez que decidas mentir, mírate al espejo y podrás comprobarlo.

Paige le dirigió una mirada beligerante y decidió concentrarse en las patatas y en la mayonesa.

–Quizá deberíamos hacer un brindis –Nick le llenó la copa de brindis–. ¿Se te ocurre algo apropiado?

–¿A tu salud? –sugirió fríamente.

–No, creo que no –alzó su copa y Paige lo imitó con desgana–. Por la vida, y porque venzas el miedo a la oscuridad.

Paige sintió que se sonrojaba violentamente y bebió precipitadamente un sorbo de vino. ¿Por qué tenía que recordarle unos momentos tan dramáticos?

Se hizo un largo silencio. Paige buscaba desesperadamente algún tema inocuo de conversación y Nick parecía preocupado por sus propios pensamientos.

Aunque quizá eso fuera lo que hacían muchos matrimonios, pensó mientras le servía la tarta.

Cuando terminaron de comer, Nick la ayudó a quitar la mesa.

–¿No tienes lavavajillas? –le preguntó sorprendido cuando Paige dejó los platos en el fregadero.

–No.

–¿Quieres que te ayude a lavarlos?

–No, gracias. La cocina es demasiado pequeña para dos personas.

Y también la casa, le dijo una vocecilla interior. Y todo el universo.

Nick la miró en silencio durante largo rato y al final se volvió, sin hacer ningún comentario.

Paige dejó los platos a remojo y preparó café.

Cuando regresó al salón con la bandeja del café, encontró a Nick repantingado en uno de los sofás, viendo la televisión. Dejó la bandeja en la mesita y cuando empezaba a alejarse para sentarse en el otro sofá, Nick le agarró la mano.

–No. Ven aquí.

Paige tragó saliva nerviosa, pero obedeció y se sentó a su lado. Nick le pasó el brazo por los hombros y la estrechó contra él.

–Relájate –le sugirió suavemente–. Estás tan tensa que podrías romperte.

–No puedo enfrentarme a esto –susurró Paige, sacudiendo la cabeza–. No sé lo que tengo que hacer.

–Tienes que sentarte conmigo y ver este documental sobre la vida salvaje –había cierta diversión en su voz–. No es tan difícil.

–No me refería a eso.

–No, pero por ahora eso es suficiente.

Le acariciaba suavemente el hombro, con movimientos rítmicos, como si ella misma fuera, pensó Paige, un animal nervioso al que debía tranquilizar. Y, curiosamente, lo consiguió. Poco a poco, su respiración fue recuperando su ritmo normal.

La lluvia azotaba las ventanas, pero el interior de la habitación estaba caldeado por el fuego. Su luz la hacía sentirse como si estuvieran envueltos en ámbar, pensó Paige soñadora.

Y cuando se movió para servir el café, le pareció natural, esencial incluso, volver después a su abrazo, acurrucarse en el hueco de su hombro como si hubiera estado allí toda la vida.

–No lo entiendo –pensó y al advertir la sonrisa de Nick comprendió que lo había dicho en voz alta.

–Disfrutaremos de una noche tranquila en casa –le dijo Nick con voz queda–. Probablemente era eso lo que pensabas hacer.

–En realidad pensaba darme un buen baño –contestó Paige sin pensar y enseguida deseó haberse mordido la lengua.

–Ese es un plan incluso mejor, ¿no crees? –preguntó Nick sonriendo.

Paige se decía que necesitaba más tiempo, pero lo que realmente necesitaba era sentir la boca de Nick sobre la suya, comprendió cuando Nick liberó su mano para tomar su rostro y darle un beso.

Los labios de Nick eran cálidos, seductoramente delicados. Mientras la besaba, le acariciaba la nuca y la vulnerable curva de su cuello. Y toda Paige suspiró de placer.

Nick encendía pequeñas hogueras en sus venas. Podía sentir cómo se aceleraba su respiración y cómo comenzaban a bailar las estrellas tras sus párpados cerrados.

Paige se estrechó contra él, sintiendo las puntas de sus senos rozando su pecho mientras el deseo comenzaba a despertar dentro de ella.

Se aferraban el uno al otro. Sus bocas se enredaban y ardían con un anhelo cada vez mayor.

Cuando por fin alzó la cabeza, Paige lo miró aturdida.

Nick acarició su rostro con las yemas de los dedos, se levantó y tiró suavemente de ella.

–Ya es hora de que vayamos a la cama, señora Destry.

Y Paige subió tras él, agarrada de su mano, dispuesta a penetrar en una amable oscuridad.

Nick se detuvo al llegar a la puerta del dormitorio.

–Voy a prepararte un baño –vaciló un instante–. Y hay algo que debería decirte. He decidido que esta noche dormiré en la habitación de invitados.

Paige buscó su rostro con la mirada. Estaba sorprendentemente desilusionada.

–¿Pero por qué? –se mordió el labio–. ¿No... no me deseas?

–Sí. Te deseo. Pero esa es precisamente la cuestión. Creo que este no es el mejor momento ello –sacudió la cabeza–. Hay demasiadas cosas entre nosotros, demasiadas preguntas sin contestar. Además, creo que tienes razón. Necesitamos tiempo. Tiempo para que te acostumbres a la idea de que vas a tenerme a tu alrededor. Y... no estoy seguro de ser capaz de ser tan paciente como te mereces –le dio un beso en la frente–. Ahora, disfruta de ese baño y descansa. Mañana será un día muy duro.

Paige entró en su habitación y cerró la puerta. Sobre la cama, encontró una caja envuelta en un papel azul, con rayas plateadas. Se sentó en el borde de la cama, tomó la caja y quitó el envoltorio. Levantó la tapa y apartó los pliegos de papel de seda. Era un camisón, descubrió. Un camisón de seda, de color blanco, con tirantes de flores también de seda y la misma decoración en el recatado corpiño. Era una prenda exquisita e iba acompañada por una tarjeta en la que decía: *De Nick.*

Un regalo muy hermoso. Y era para ella. Permaneció sentada y esperó hasta que Nick salió el baño. Entonces se levantó y se dirigió hacia allí.

Había velas olorosas al borde de la bañera. El agua también había sido perfumada y estaba cubierta de espuma. Paige se deslizó entre las burbujas, giró la cabeza y miró hacia el camisón que había dejado sobre una silla, sintiendo el cosquilleo de la anticipación.

Al salir del baño, se secó y se puso su loción favorita. Se cepilló el pelo hasta hacerlo brillar y se puso el camisón.

Estudió su reflejo en el espejo. No era un camisón especialmente sexy, y tampoco muy revelador. Pero era muy bello.

Lo único que necesitaba era valor... y un poco de suerte.

Vio una rendija de luz bajo la puerta de Nick. Giró el pomo de la puerta y entró. Lo encontró en la cama, apoyándose sobre un codo y leyendo.

Al verla entrar, alzó la mirada y frunció el ceño.

–¿Qué te pasa, Paige?

–He venido a enseñarte tu regalo –giró lentamente en círculo–. Y para darte las gracias. Es el camisón más bonito que he tenido nunca. Y también el mejor regalo que me han hecho.

–Me alegro de que te guste. Pensé que... –se interrumpió con brusquedad.

–¿Qué pensaste?

–Supongo que todas las mujeres tienen derecho a tener el aspecto de una novia... en su noche de bodas.

–¿Este es un camisón para la noche de bodas? –le

temblaba ligeramente la voz–. ¿Entonces por qué tengo que dormir sola?

–Ya te lo he explicado.

–Lo sé. Pero no tengo por qué aceptar tu explicación –dio un paso adelante–. Quiero que estés cerca de mí y no sé si voy a ser capaz de tener paciencia.

Nick gimió.

–Paige, no me hagas esto. Tengo la sensación de haber hecho todo mal desde el día que te conocí. Déjame intentar hacer las cosas bien por una sola vez.

–Si quieres hacer las cosas bien, pasa esta noche conmigo –lo miraba con los ojos cargados de un deseo que no quería esconder. Tenía la boca todavía henchida por sus besos. Y su piel resplandecía contra la seda.

–Tu cama es demasiado pequeña –añadió–. Estaríamos más cómodos en la mía. Pero llévate una almohada.

Se volvió y caminó hacia la puerta sin mirar atrás, confiando en sí misma.

Porque sabía que Nick la seguiría. Estaba segura.

Entró en su dormitorio y se quedó al lado de la cama. Tomó su almohada y la dejó a un lado para hacerle sitio a Nick. Los latidos de su corazón eran casi ensordecedores.

A los pocos segundos entró Nick. Se había puesto la bata de seda. Lo primero que le preguntó fue:

–¿Soy yo el primero?

Paige sintió que el color abandonaba su rostro.

–¿Eso importa?

–Sabes que sí. Quiero que disfrutes, Paige, y eso podría significar que debo intentar mantener cierto control. Así que contéstame, por favor.

–Sí –contestó ella con repentina pasión–. Eres el primero, por supuesto que sí.

Nick inclinó la cabeza, con un gesto de reconocimiento.

–No me lo merezco –se interrumpió–. ¿Estás absolutamente segura de esto? Porque todavía no es demasiado tarde...

–Siempre es demasiado tarde –alzó la mano para desabrochar el cierre del camisón y se bajó con lentitud los tirantes, dejando que la seda se deslizara hasta sus pies.

Por un instante, se quedó completamente quieta bajo la luz de la lámpara dejando que Nick la devorara con la mirada. Después se volvió para apartar la colcha y tumbarse en la cama; alzó los brazos para apartarse el pelo, haciendo que sus senos se inclinaran deliciosamente. Después le sonrió.

–Llevo un año esperando, Nick. ¿No crees que ya es suficiente?

–Más que suficiente.

Se unió con ella en la cama, con un hambre que a los dos los consumía.

Sus bocas se unieron, tórridas y ardientes. Nick la acariciaba, haciéndola estremecerse de deleite. Tomó sus senos y acarició sus pezones, excitándola hasta el paroxismo.

Paige se retorcía entre sus brazos, ofreciéndose completamente, rindiendo homenaje a la potencia y la fuerza de su cuerpo y forzándolo a gemir de placer.

Nick comenzó a besarla. Lo hacía de forma casi reverencial, como si cada centímetro de su piel fuera un objeto delicado y precioso. Posó las manos en su cintura y descendió hacia sus muslos. Paige jadeó al sentir el íntimo roce de sus dedos y la humedad que sus caricias generaban. Nick encontró el secreto botón del deseo, que acarició de forma exquisita, haciéndola retorcerse de placer.

La joven sentía que la tensión crecía dentro de ella como si estuviera buscando algo que parecía lejos de su alcance.

Nick se colocó sobre ella. Paige podía sentir su calor y su fuerza y jadeó anhelante contra sus labios.

–No quiero hacerte daño –susurró Nick.

¿Pero cómo iba a hacerle daño cuando era precisamente eso lo que Paige anhelaba?

–No te detengas, Nick. No te detengas.

Impelida por la urgencia, exploró y acarició su cuerpo, mientras le daba la bienvenida a su interior.

Nick la penetró lentamente, con infinito cuidado, pendiente en todo momento de su respuesta.

Pero Paige estaba preparada... tan preparada. Y cuando, por fin, se fundieron por completo, escapó de su garganta un gemido de placer.

Se aferró a los hombros de Nick con fuerza y le rodeó la cintura con las piernas mientras él comenzaba a moverse, lentamente al principio y después con más fuerza, arrastrándola al primigenio ritmo de la pasión y permitiéndole adentrarse en un mundo de nuevas sensaciones. Todo su cuerpo temblaba, se estremecía buscando la culminación que hasta entonces solo era capaz de imaginar.

Y cuando al fin la alcanzó, fue algo completamente irresistible. Desde un diminuto punto de placer se extendieron miles y miles de oleadas por su cuerpo, hasta que toda ella estuvo palpitando.

Se sintió caer, girar en un exquisito vacío mientras gritaba el nombre de su amado y las lágrimas empapaban su rostro. Y el de Nick.

Capítulo 10

PAIGE descansaba en los brazos de Nick, sonriente, besando sus hombros empapados en sudor.

–No sabía... –susurró–. Nunca habría soñado...

Nick la rodeó con los brazos.

–Yo siempre lo supe –musitó Nick–. Desde el momento que te vi en el bar, supe que sería así.

–Oh, Dios mío –rio a carcajadas–. Me muero de vergüenza cada vez que me acuerdo.

–Pues no lo hagas. No debes culpar al destino de la forma en que nos conocimos –se quedó en silencio un instante–. Intenté seguirte cuando te marchaste. Me había portado muy mal contigo. Creo que fue una reacción exagerada, causada por haberme encontrado con la única mujer a la que realmente había deseado nunca nada más verla. Estaba aterrado, sobre todo cuando desapareciste.

–Quería haber desaparecido para siempre.

–Pero uno de los hombres con los que estaba sabía quién eras –continuó Nick, y le dio un beso en el pelo–. Me contó que eras la chica de los Harrington, pero que no eras parte activa de la empresa, algo que era una suerte para ti, porque Harrington estaba pasando grandes dificultades y buscaban un inversor. También me comentó que nadie quería invertir en la empresa porque la junta directiva solo estaba en manos de la familia. Eso, por supuesto, me hizo pensar. Se me ocurrió que si estaba dispuesto a reparar el buen nombre de la familia, tú quizá te mostrarías agradecida. Y quizá incluso estarías dispuesta a casarte conmigo.

Suspiró.

–Pero pronto me di cuenta de que la situación económica de la empresa era tan difícil que no iba a tener tiempo para el tipo de cortejo que tenía en mente. Además, me asustaba que pudiera aparecer cualquier otro con una buena chequera y tu hermano le propusiera que se casara contigo.

–¿Y crees que habría aceptado?

–¿Cómo puedo saberlo? Nuestro encuentro preliminar no había sido precisamente prometedor. Y ya había descubierto que adorabas a tu padre. Quizá hubieras preferido a cualquier otro hombre –hizo una mueca–. De modo que decidí que lo mejor era precipitar la boda. Así que ofrecí el único tipo de trato que pensé podrías aceptar.

–¿Y si no lo hubiera aceptado?

–Entonces habría puesto en práctica el plan B: flores, llamadas de teléfono, champán... Recordaba constantemente la química que había habido entre nosotros en el pub. Cuando te acercaste hacia mí, apenas podía creer en mi suerte. Me decía a mí mismo que tenía que conseguir que volvieran a saltar chispas entre nosotros.

–Estabas muy seguro de ti mismo –Paige le mordisqueó el hombro con delicadeza.

–En absoluto –negó al instante–. Adelanté la boda porque temía que dieras marcha atrás. Te deseaba tanto... Pero tú parecías convertirte en hielo cada vez que me acercaba a ti. Y yo mismo tendí mi propia trampa al plantear que nuestra relación sería estrictamente de negocios. Y hasta que no rompí las reglas y te besé, no pensé que pudiera haber alguna esperanza.

Paige se incorporó sobre un codo y lo miró.

–Llevarme de luna de miel tampoco formaba parte del contrato –señaló.

–No, pero cuando mi abuela me ofreció su casa, pensé que era una oportunidad para que pasáramos algún tiempo juntos, sin interferencias externas, y de esa forma podríamos convencer a todo el mundo de que el nuestro era un verdadero matrimonio.

–¿Entonces por qué te fuiste de mi cama aquella noche? Estoy segura de que sabías que te deseaba.

–Sí –respondió Nick con voz queda–. Lo sabía, y eso era lo peor. Porque era consciente de que si te seducía, de que si te persuadía para que disfrutaras del sexo conmigo, eso solo sería una pequeña parte de lo que realmente quería. Verte jugar con aquella niña en la playa fue como una revelación. Me hizo comprender que quería una relación completa, con todo lo que eso implicaba. Pero no tenía garantía de que tú quisieras lo mismo. Sabía que en aquel momento querías que estuviera a tu lado porque estabas asustada, pero que quizá vieras las cosas de forma diferente a la luz del día.

–¿Y por qué no dijiste nada?

–Por si no obtenía la respuesta que quería –tensó los labios–. Me acobardé, algo de lo que siempre me he arrepentido. Me puse loco de contento cuando aceptaste el puesto de relaciones públicas de Harrington porque pensé que de esa forma podría verte de manera regular... y podría enmendar mis errores –sacudió la cabeza–. Pero estaba completamente equivocado. Muy pronto me di cuenta de que me estabas evitando y eso hizo que me sintiera como un paria. Me decía a mí mismo que no había ninguna esperanza, que quizá fuera mejor que nos divorciáramos y después pedirte que buscáramos la forma de comenzar otra vez. Pero cuando te vi en St. Antoine con Brad Coulter, supe que no iba a dejarte marchar.

Paige se mordió el labio.

–Aquella noche tú tampoco estabas solo.

–No. Estaba con la hija de Alain Froyat, una joven rica y mimada que había decidido utilizarme para poner celoso a su novio. Y como cliente de Alain, yo no podía decirle a su hija lo que se merecía.

–¿Y funcionó lo de su novio? Porque yo, desde luego, me puse celosa. Aunque no fue la primera vez. No puede decirse que hicieras vida de ermitaño cuando estábamos separados.

–Lo único que hice fue asegurarme de aparecer en las columnas de cotilleo de la prensa. Eso fue todo.

–¿Eso fue todo? ¿Simples cotilleos?

–Intentaba mantener la apariencia de una agitada vida amorosa, pero cuando terminaba la noche, siempre me iba solo a casa.

–Apenas pasaba un solo día en el que al abrir el periódico, no me encontrara una fotografía tuya con otra mujer –Paige se mordió el labio–. Me decía a mí misma que no me importaba, que de esa forma sería mucho más fácil el proceso de divorcio, pero en el fondo, me dolía profundamente. Me acostumbré a despertarme por las noches llorando, alegrándome de no poder acordarme de mis sueños.

–Jamás me lo habría imaginado. Cuando hablé contigo en la playa en St. Antoine, tu indiferencia hacía que me sintiera como si estuviera golpeándome contra un muro de piedra. Ese mismo día, Jake Allenby me envió la información de la que te he hablado antes. Decidí entonces que todo iba a cambiar –añadió con un toque sombrío–. Que llevabas demasiado tiempo alejándote de mí y que iba a detener esa situación. Cuando nos quedamos atrapados por el huracán, por fin pude tener oportunidad de estar a solas contigo, de hablar. Pero aun así, no pude retenerte cerca de mí –se interrumpió–. Hasta que se fue la luz. Y de pronto volviste a ser tan vulnerable como aquella noche en Francia... Y estabas fuera de mi alcance por la misma razón.

Nick la miró con gravedad.

–¿Por qué tienes miedo a la oscuridad? Siempre me lo he preguntado.

–Es una tontería –se mordió el labio–. Alguien me contó cuando era pequeña que había un monstruo que se escondía en los dormitorios de los niños, debajo de la cama, en los armarios... Y a partir de entonces yo siempre dormía con una lamparita encendida. Pero cuando operaron a mi madre de apendicitis, me enviaron a casa de una amiga mía del colegio. Ellos tenían una niñera que pensaba que no había que consentir ese tipo de cosas a los niños. La primera noche que dormí en esa casa, me desperté y me encontré en una situación extraña y de repente vi el monstruo a mi lado. Empecé a gritar y no fui capaz de callarme.

–Creo que los amigos de mi padre decidieron que estaba desequilibrada –añadió con pesar–. En aquella ocasión fueron muy amables, pero nunca volví a quedarme con Belinda y ella dejó de ser mi mejor amiga. Siempre pensé que lo había superado, pero en realidad nunca lo he hecho.

Nick le acarició la mejilla con delicadeza.

–No estés tan segura. Ahora estoy yo a tu lado. Y creo que no necesito preguntar quién fue el primero que te asustó. Estoy seguro de que tu hermano tuvo mucho que ver con eso.

–Todas las hermanas pequeñas sufren las bromas de los hermanos mayores –se encogió de hombros–. Él no podía saber que yo era tan cobarde.

–Y tampoco creo que sepa que has estado utilizando la empresa como si fuera tu cajero automático, por ejemplo.

Paige sintió que se le atenazaba la garganta. Con qué facilidad se había olvidado del desastre financiero en el que Toby la había metido. Pero no podía permitirse olvidarlo. Nick podía estar dispuesto a perdonarla, pero estaba segura de que su actitud hacia su hermano sería completamente diferente.

No podía permitir que averiguara la verdad. Y, con

seguridad, culparse de los pecados de Nick era un pequeño precio a pagar.

–Él... nunca ha hecho ningún comentario –le dijo sin mirarlo a los ojos–. Lo siento. Lo siento mucho. Me cuesta creer que todavía quieras estar conmigo.

–Paige, no sabes cuánto te necesito –buscó sus labios y la besó con infinita ternura–. Pero supongo que comprendes que hay cosas que tendrán que cambiar.

–¿Sabe alguien por qué voy a dejar Harrington?

–Solo Jake. Y él trabaja únicamente para mí.

–En cierto modo, será una alivio. En realidad nunca me ha gustado este trabajo.

–Al final terminarás diciéndome que todo fue un deseo inconsciente de ser despedida.

–¿O una forma taimada de atraer tu atención? –reflexionó.

–En eso nunca has tenido ningún problema. Tú no eres la única con problemas para dormir por la noche –se volvió y miró el despertador–. Pero ahora mi amor, creo que deberíamos hacer exactamente eso.

–¿Tú crees? –lo acarició provocativamente–. Porque yo tengo otros planes.

Nick capturó su mano con firmeza.

–Todavía eres demasiado nueva en esto, demasiado frágil para repetir.

Paige se acercó a él y lo besó con exquisita sensualidad.

–¿Estás seguro?

Gimiendo de placer, Nick le hizo alzar el rostro y la besó con voracidad.

–Después no digas que no te lo advertí. Porque esto solo es el principio.

Paige se despertó lentamente. Estaba un poco dolorida, pero había merecido la pena, pensó, recordando con todo detalle la intensidad y la pasión con la que Nick la había complacido.

Sin embargo, la cama estaba vacía. Y cuando miró el reloj, comprendió por qué.

Dios santo. Apartó las sábanas. ¡La reunión de la junta! ¿Por qué demonios no la habría despertado Nick? ¡Necesitaba estar allí para advertirle a Toby que Nick había descubierto su desfalco y que ella le estaba sirviendo de coartada!

Se vistió rápidamente, revisó el horario de los trenes y condujo hasta la estación. Una vez en el tren, miró inquieta el reloj. En aquel momento estarían ya en la asamblea, pero compartiendo el café y los bizcochos del principio, de modo que todavía podía llegar a tiempo de hablar con Toby antes de que Nick hiciera sus revelaciones.

En la estación tomó un taxi, que la condujo hasta el edificio de la empresa. En el ascensor, intentó dominar su errática respiración y arreglarse un poco el pelo con la mano.

Cuando llegó a la puerta de la sala de juntas, una secretaria se levantó precipitadamente.

–Señorita Harrington... Perdón, señora Destry. No la esperábamos.

–No entiendo por qué –replicó Paige, cruzando precipitadamente la puerta.

En el interior de la sala, la tensión podía haberse cortado con un cuchillo. Su padre estaba sentado en la cabecera de la mesa, enfrente de Nick. El hombre que estaba al lado de este último debía de ser Jake Allenby, pensó Paige mientras se sentaba. No había ningún otro empleado presente. Ni siquiera la secretaria de Toby.

–Siento llegar tarde –se disculpó Paige, sonriendo–. Pero el despertador no ha sonado.

Miró a Nick, esperando encontrar un brillo de diversión en su mirada, pero su rostro parecía haber sido esculpido en granito.

El amante que horas antes la había hecho estremecerse de puro deleite parecía no haber existido nunca.

Bajó la mirada hacia la mesa, con un nudo en el estómago.

–Por lo que Nicholas nos ha dicho, pensábamos que no ibas a asistir a la reunión, querida.

–He cambiado de opinión. ¿Podéis pasarme el orden del día?

Toby, que estaba sentado frente a ella, le tendió un fajo de papeles.

–Vamos ya por el punto tres –le dijo su padre–, la revisión del informe financiero preparado por el señor Allenby.

Paige tomó su copia del informe y la abrió con manos temblorosas.

–Como estaba diciendo antes de la interrupción –dijo Nick con una voz glacial–. El próximo paso será iniciar una investigación interna sobre las irregularidades más destacables, pero ese tipo de noticias pueden filtrarse a la prensa y lo último que necesitamos es más publicidad adversa. La reputación de la empresa ha sufrido un duro golpe del que jamás podrá recuperarse. Y que también ha afectado a Maitland Destry.

–¿No estás exagerando un poco? –preguntó Toby con agresividad– Al fin y al cabo, los informes del suelo de Seagrove pueden ser amañados.

–Lo que deja claro el informe de Allenby es que el proyecto Seagrove es solo parte del problema. Y el culpable del resto está en esta habitación.

–Muy bien –Toby soltó una tensa carcajada–. Así que yo voy a ser el cabeza de turco cuando he estado trabajando durante noche y día para ahorrarle dinero a la compañía.

–¿Cómo? ¿Poniendo baños y cocinas de tercera en

casas que vendemos a precio de oro? ¿Creías acaso que los clientes no lo notarían?

–Eso fue un malentendido con los proveedores –repuso Toby airadamente–. Esos problemas ya están superados.

–Sin embargo, continúas utilizando a los mismos proveedores. Una curiosa elección. Aun así, de momento continuarás como director. Tienes que arreglar el desastre de Seagrove.

–¿Y Maitland Destry nos proporcionará fondos adicionales?

–En esta ocasión sí, para poder poner fin a este proyecto, pero la inversión será controlada por la propia gente del banco.

–No puedo estar de acuerdo con eso... –comenzó a decir Toby, pero su padre lo interrumpió con cansancio.

–No tienes por qué estarlo. Yo ya ha aceptado esa condición –señaló el informe con la mano–. Esto es una auténtica pesadilla.

–Mira –Toby suspiró–, he cometido algunos errores, lo admito. Pero ¡qué demonios! Todo el mundo se equivoca.

–Sí, todos comentemos errores –repuso Nick.

–Entonces, las cosas seguirán como siempre –Toby no estaba frotándose las manos, pero podría haberlo hecho, pensó Paige desesperada. ¿Cómo era posible que no se diera cuenta del desastre?

–Eso parece –se mostró de acuerdo Francis Harrington–. Si no hay más asuntos que tratar, sugiero que terminemos la reunión.

–Hay una cosa más –Paige se levantó–. Quiero dejar el puesto de relaciones públicas, hoy mismo.

–No puedes hacer eso –protestó Toby–. ¿Quién va a tratar ahora con la gente de Seagrove?

–Nick va a encargarle el trabajo a otra empresa

–miró hacia Nick, buscando su confirmación, pero él no dijo nada.

–Pues yo creo que deberías quedarte –insistió Toby–. Estamos acostumbrados a tratar contigo. Es lo más conveniente.

–Pero no para mí. Así que hoy mismo voy despejar mi mesa y a marcharme a casa.

–¿Para hacer qué, exactamente? –preguntó Toby escéptico.

En aquella ocasión Paige no miró a Nick. Dijo fríamente:

–Tener un hijo –y salió, dejando un profundo silencio tras ella.

En realidad no tenía demasiadas cosas que llevarse. Nunca había intentado personalizar su despacho porque nunca había sentido que le perteneciera. Las recogió lentamente, esperando que Nick entrara para comentar con ella la bomba que había dejado caer en la reunión.

No era probable que se quejara, se dijo. No después de lo que había pasado la noche anterior. Él también quería un auténtico matrimonio, con hijos incluidos. Estaba pensando en ello cuando entró Toby en su despacho.

–Oh, eres tú –comentó Paige.

–Naturalmente. Tenía que venir a felicitarte.

–Gracias, pero la verdad es que el anuncio ha sido un poco prematuro –o quizá no, pensó para sí.

–No me refiero a eso. Has sido una chica muy lista, y no creas que no me he dado cuenta –rio–. Dios mío, desde luego, no has perdido el tiempo.

–No sé a qué te refieres. Pero ya que estás aquí, será mejor que te advierta que Nick está al corriente de todos los gastos que me has achacado a mí.

Toby palideció.

–¿Y eso qué se supone que significa?

–Oh, no disimules –se burló–. Afortunadamente para ti, no sabe que siempre has sabido falsificar mi firma. Cree que he sido yo la que ha gastado todo ese dinero.

Toby se dejó caer pesadamente en una silla.

–Gracias a Dios.

–¿Cómo se te ha ocurrido hacer una cosa así?

Toby bajó la mirada hacia la alfombra.

–Por Denise –musitó–. Ella no entiende que estamos pasando un bache financiero. Las cuentas de su tarjeta de crédito son una pesadilla.

–Quítale la tarjeta.

–No puedo hacer eso. Me dejaría.

–¿Y crees que seguirá contigo si te meten en la cárcel? –Paige sacudió la cabeza–. Debes de estar loco. Pero tienes otra opción, por supuesto. Puedes contarle todo a Nick.

–Debes de estar bromeando. Eso significaría concederle el triunfo completo. Pero hay otra alternativa: puedes conseguir que me suba el sueldo –dijo lentamente–. Puedes utilizar toda la capacidad de persuasión que pusiste en juego ayer por la noche.

–¿Qué quieres decir?

–No te hagas la inocente. Sé que Nick ha pasado esta noche en tu casa. Y esta mañana ha llegado con una expresión de satisfacción inconfundible.

–Pues en la reunión no parecía estar muy satisfecho.

–Bueno, eso tienes que agradecérselo a Allenby. Se lo ha llevado al despacho de papá, han estado hablando en privado y ha conseguido borrarle la sonrisa. Pero incluso así, ha seguido siendo fiel a su palabra. Yo continúo siendo director general y creo que tengo que agradecértelo a ti. Lo único que he tenido que hacer ha sido ponerte en la dirección indicada y ahora él baila en la palma de tu mano.

Soltó una carcajada.

–Espero que como amante no sea demasiado exigente.

–No, no lo soy –respondió Nick desde el marco de la puerta.

En otras circunstancias, pensó Paige, la expresión de Toby hasta le habría hecho gracia. Pero en aquel momento solo quería morirse.

–Si no te importa –respondió Toby beligerante–, estaba teniendo una conversación privada con mi hermana.

–¿Planeando cómo destrozar la compañía con su connivencia?

–Espera un minuto... –Toby se levantó.

–Sal de aquí antes de que haga algo de lo que tenga que arrepentirme. Y cierra la puerta.

La puerta se cerró y se quedaron Nick y Paige a solas, mirándose el uno al otro. Paige dio un paso hacia él.

–Nick, tienes que escucharme.

–¿De la misma forma que me escuchaste ayer por la noche, entregándote mi corazón? –la miró con desprecio–. Ni lo sueñes.

–Pero no lo comprendes...

–Al contrario. Todo está perfectamente claro. Eres una Harrington de la cabeza a los pies, ¿verdad, querida? Harías cualquier cosa para proteger a tu familia. Y has conseguido engañarme. Dime, ¿dónde aprendiste a fingir tus orgasmos?

–Nick, estás enfadado y no te culpo. Lo que has oído es terrible, vergonzoso, pero no es cierto.

–¿Pretendes decirme que tu hermano no te ha sugerido que yo podría ayudarlo a salir del atolladero a cambio de tus favores sexuales?

–No, no pretendo decir eso.

–Te agradezco la sinceridad, porque tu hermano ha sido suficientemente estúpido como para llamar a uno de sus compinches antes de la reunión y alardear de su idea. Jake estaba en el despacho de al lado y lo ha oído todo.

–Pero yo me he negado –alzó la barbilla–. Tienes que creerme.

–Si ayer por la noche me hubieras confesado que no habías sido tú la que había estado gastando el dinero de la empresa, te creería. Pero me mentiste, Paige. Y yo lo vi en tus ojos. Pero entonces no era capaz de comprender por qué estabas asumiendo la culpa de algo que no habías hecho.

Sacudió la cabeza.

–Deseaba tan desesperadamente que fueras sincero conmigo... Te di la oportunidad de explicarte. Esta misma mañana, Jake me ha dicho que ha estado comparando tu firma con la de algunas facturas de la empresa y había algo que no cuadraba. Ha sido entonces cuando me he dado cuenta de que estabas protegiendo a ese idiota.

–Y ahora ya sabes por qué –repuso ella con cansancio–. Porque aunque a mí puedes perdonarme, jamás habrías hecho lo mismo con Toby. Incluso podrías haber llamado a la policía. Yo quería proteger a Harrington, porque sé el efecto que una cosa así podría tener en mi padre.

–Tu padre tenía sus propias sospechas desde hacía tiempo. Y decidió compartirlas conmigo. Es más fuerte de lo que pensabas.

Paige sonrió con tristeza.

–Qué desilusionado debe de estar de sus hijos. Uno es un ladrón y otra una mentirosa –sacudió la cabeza–. Es irónico, ¿verdad? He intentado salvar a Toby y lo único que he conseguido ha sido arruinar mi propia felicidad.

–Nada puede salvar a Toby. No lo denunciaré por el bien de la compañía, pero sus días están contados. En cuanto el desastre de Seagrove sea superado, tu padre y yo hemos acordado que Harrington deberá ser vendida probablemente a Winstanley UK.

–¿Y de esa forma te sentirías libre para marcharte?

–En primer lugar, creo que jamás debería haberme involucrado en esta empresa por razones obvias. Pero me temo que en Winstanley tampoco habrá sitio para Toby. Ya hay muchos rumores sobre él –curvó los labios en una sonrisa–. Espero que tenga a buen recaudo sus ganancias; como se quede sin nada, corre peligro de perder a su caprichosa esposa.

–Ese siempre ha sido su gran temor. Y hasta hace muy poco, yo no era capaz de comprender cómo era posible amar a alguien tan desesperadamente como para estar dispuesto a correr cualquier riesgo para mantenerlo a tu lado. Dicen que comprender es perdonar. Yo no puedo perdonar a mi hermano, pero, por primera vez, comprendo lo que ha hecho –intentó sonreír–. Porque así es como yo te amo, Nick. Y ahora tengo la sensación de que tanto Toby como yo vamos a terminar solos.

–Paige... no tienes por qué decir esas cosas.

–Pero las estoy diciendo. En una ocasión me dijiste que podías ver en mis ojos si te estaba mintiendo. Muy bien, Nick, mírame ahora a los ojos y comprueba cuál es la verdad. Eres mi vida, mi amor, y si te perdiera, lo perdería todo. Los dos tenemos nuestros defectos, querido. Pero no me importa, porque yo no cambiaría absolutamente nada de ti. Con errores y todo, eres el hombre al que amo. Y quiero que, por favor, me permitas ser tu mujer. Por favor, no me dejes sola.

–Dios mío, ¿de verdad crees que sería capaz de alejarte de mi lado? Si yo hubiera estado en el lugar de

Toby, también habría hecho cualquier cosa para conservarte.

Paige sintió una burbuja de júbilo elevándose en su interior, irradiando todo su ser y haciéndole desear cantar, reír y gritar.

–Ahora que ya he despejado mi mesa –dijo pensativa–, creo que debería volver a casa. No he dormido mucho durante las últimas veinticuatro horas –añadió–, así que me gustaría acostarme pronto.

Nick consultó su reloj.

–No estarás invitándome a compartir una siesta contigo...

–Sí. Y una noche también, y el resto de nuestras vidas. ¿Eres consciente del compromiso que estás asumiendo?

–Sí, querida, soy consciente. Y ya hemos perdido demasiado tiempo. Realmente no quiero esperar ni un minuto más. No quiero que nuestro hijo sea solo un deseo. He pensado que podríamos pasar un fin de semana en Normandía. Quizá mi abuela pueda dejarnos su enorme cama para pasar una segunda luna de miel.

–Estoy segura de que nos la dejará. Los franceses son tan prácticos...

–Oh –replicó Nick–, pero también ellos tienen sueños. Y a veces son capaces de hacerlos realidad.

Le apartó el pelo de la cara con infinita ternura y dijo con lentitud.

–Dentro de cincuenta años, seguiré siendo capaz de encontrarme en una sala repleta de gente y verte únicamente a ti.

–Y yo continuaré deseando acercarme solo a ti –alzó el rostro hacia él, buscando su beso–. Y ahora, llévame a casa.

Keith Owens era un millonario texano al que le encantaba su vida de soltero... hasta que la sofisticada Andrea O'Rourke volvió a la ciudad. Muchos años antes entre ellos había habido una atracción que Andrea había preferido olvidar, de hecho se había marchado de allí con la promesa de no volver a dejarse embaucar por las caricias de Keith...

Ahora había regresado convertida en una mujer distante y segura de sí misma... hasta que volvió a encontrarse con la mirada apasionada y atrayente de Keith. Pero aquella vez era él el que iba a hacer una promesa: Andrea no volvería a escapársele sin satisfacer todos sus deseos... después la dejaría marchar.

Pero no contó con que Andrea tenía mucho que decir en aquel plan...

PÍDELO EN TU PUNTO DE VENTA